Winter Woods

윈 터 우 즈

4

COSMOS 글 | 반지 그림

CONTENTS

Part 20

/

붉은 튤립의 의미

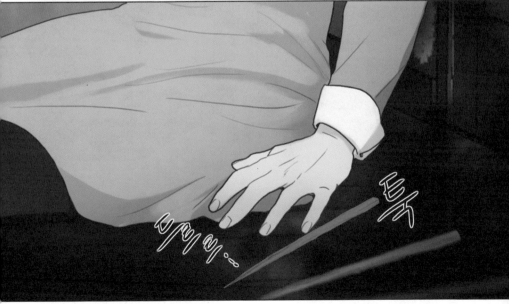

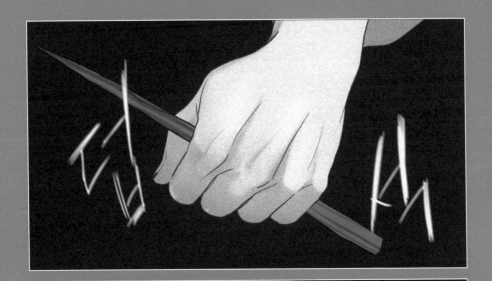

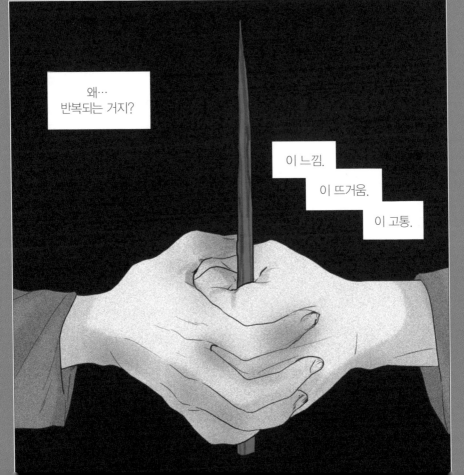

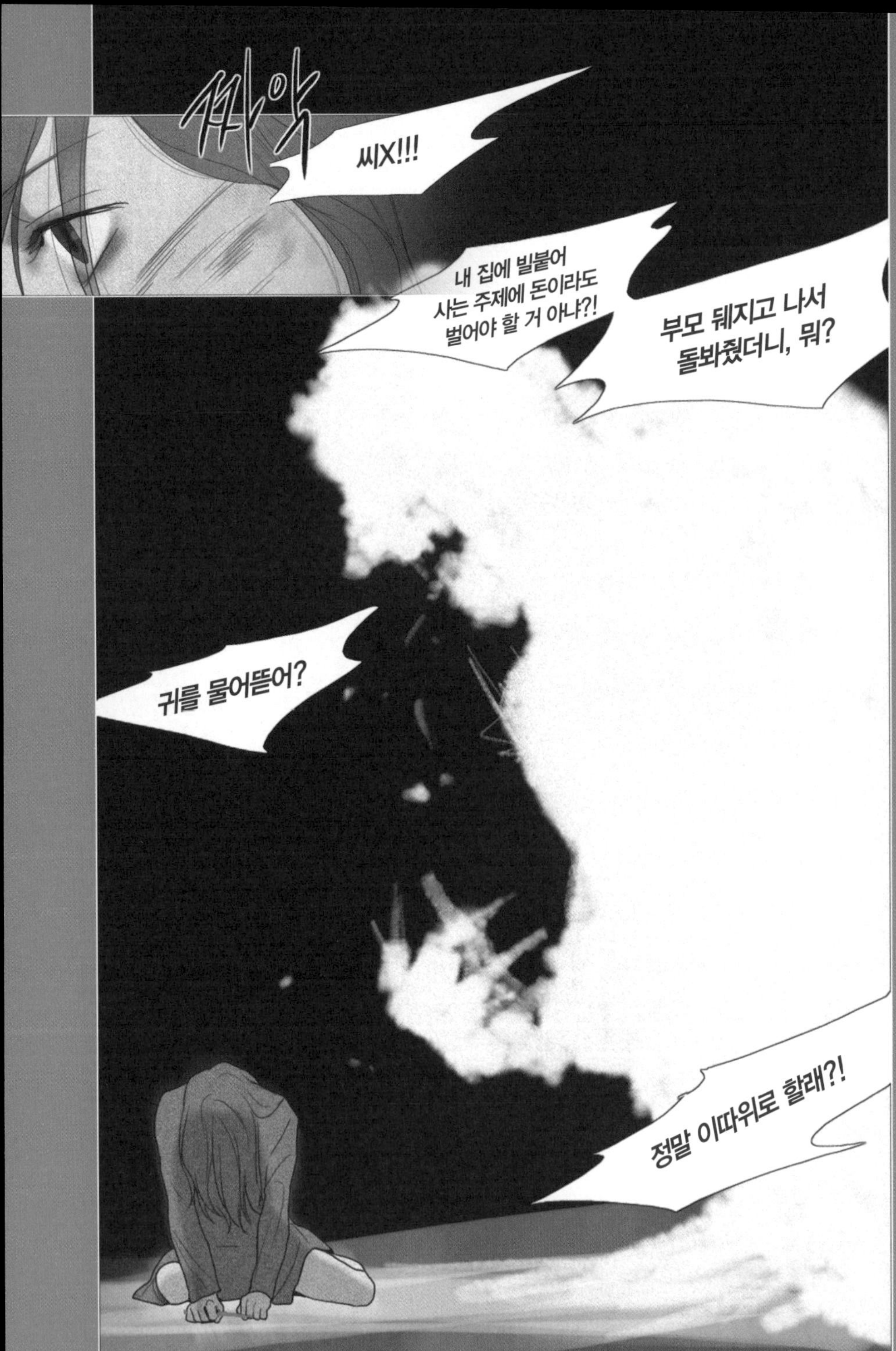
짜악
씨X!!!
내 집에 빌붙어 사는 주제에 돈이라도 벌어야 할 거 아냐?!
부모 뒈지고 나서 돌봐줬더니, 뭐?
귀를 물어뜯어?
정말 이따위로 할래?!

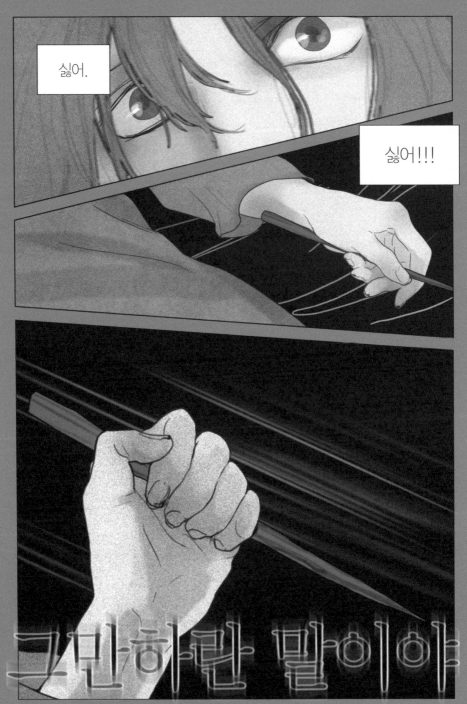

난 너의 목소리가
너무 싫었어.

이때를 기다렸어.

나를 부르는
소리도 싫고,

창밖에서 꺾은 나뭇가지를
갈고 또 갈면서,

돌봐줬다고
생색내는 것도
싫었다고.

나뭇가지가
날카로워질수록
웃었다고.

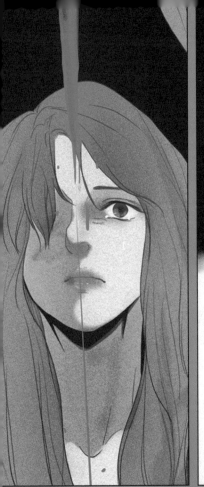

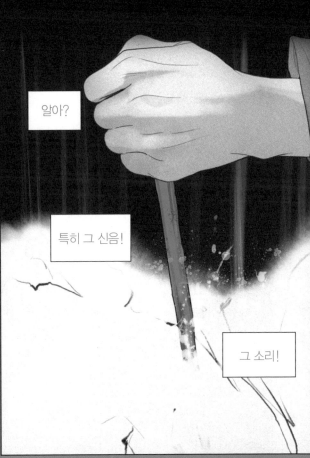

알아?

특히 그 신음!

그 소리!

이런ㅡ.

그럼 죽여요.

쓸데없이
뭐 하러.

네 밑에 깔린
사람이 돈줄인데.

눈이
안 보이냐?

앗하하

그냥…
죽여주면
안 돼요?

흥-

죽고 싶다는
뜻이야?

아뇨.
살고 싶어요.

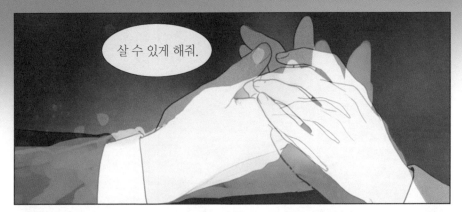

조에…

살 수 있게 해줘.

......

예전에 우연히
창가로 날아들어 온
꽃을 보며 웃는 널
본 적이 있어.

언제나
돌처럼 굳어 있던 얼굴이
몽글하게 움직이는 게
신기하더군.

그 변화를
더 보고 싶단 생각에
꽃을 꺾어 테이블에
올려놓고,

음식을 하는 척하며
몰래 지켜봤었어.

물론 넌
나를 의식해 평소처럼
굳어 있었지만…

난 봤어.
두려움을 감추려
애쓰는 모습을.

그때 넌 분명
무서워했어.

꽃을 들고
그 자리에 굳어서는
아무것도 못 했지.

그래. 난 이미
너의 겁먹은 표정을
봤던 거야.

맞아. 사실
무서웠어.

당신의
변화가 이상했고,

그에 따른 내 변화도
너무 두려웠거든.

난 그때 너의
그 모습을 보고도
무시했어.

인정하지
않았지.

왜?

널 곁에 둔 이유가
그 표정을 보기
위해서였으니까.

봤다고 인정해버리면
난 어떻게 해야 하지?
널 떠나야 하는 걸까?

하고 싶은 걸
하면 되잖아.

넌 그게 쉬울 테지만
난 아냐.

목적이 없으면
할 수 있는 게 없어.

그런데 이제 와서
생각해보면 그때의 난
무의식적으로 널
떠나고 싶지 않았던
모양이야.

내가 가질 수 없었던 변화를
네가 어느 정도까지 가질지
궁금했을지도 모르지.

그래서
평소 하던 대로
너의 그 표정을 못 본
척한 것 아니겠어?

푹

…넌
꿈꾼 적 있지?
자면서 꾸는 꿈
말이야.

난 꾼 적 없어.
그게 이유야.

조에, 내가
알 수 있게 말을 해줘….
돌려 말하지 말고.

나도
이해가 안 가.

이해가 안 가.
같이 있기 싫으면 싫다,
좋으면 좋다. 그렇게―

사람이든 아니든
상관없다고 생각했어.
아니, 오히려 내가 더
우월하다고 생각했어.

그러다…

확실하게
알게 된 거야.

처음 꿈을 꿨는데,
그 내용도―

내가 부러워하고
있다는 걸.

앞으로도
계속 변화할 수 있다는
그 열린 가능성이 말이야.

아도라…

그래도 다행인 건
뭔지 알아?

꿈을 꾸진 못하지만,
생기긴 했다는 거야.

네 말대로
하고 싶은 게
생겼다는 거지.

다른 평범한
사람들처럼,

편안하게,
괴롭지 않게
자유를 줄 거야.

그래서 이젠
널 그냥 둘 거야.

그러니
내가 있는 곳으로
언제든 와도 좋아.

친구도 만들고,
수다도 떨고,
간혹 싸우기도 하고,
다 해봐.

다만
날 찾지는 마.

내 곁에서,
날 봐도 모른 척해.
그것만 지켜준다면
안개 숲으로 종종
놀러 와도 돼.

…언제까지
모른 척해야 해?

전에 말했지.
꼭 해야 할 일이
있다고.

그 일이
끝날 때까지 너와 난
철저히 남이어야 해.

대신 그 일을 마치면
같이 이곳을 떠나자.

아무도 없는 숲에서
집 짓고 사는 거야.

조에…
약속하는 거야?

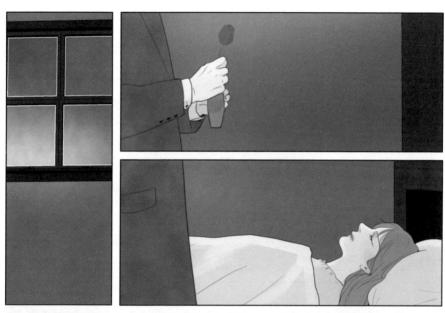

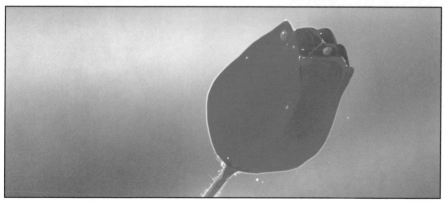

잡지 가지고
놀던 거 청소 중

오...   오 ...?!

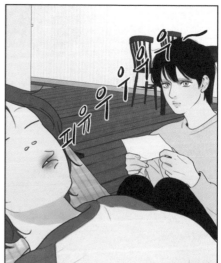

에이… 씨…!

그만해라아….

아, 그만…!

로이, 잘못했어!!

제인, 제인!

로이!
다음부턴!!

왜…
무슨 일이야…

제인 이것 봐요!

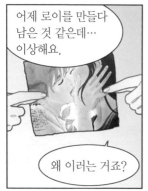

어제 로이를 만들다
남은 것 같은데…
이상해요.

왜 이러는 거죠?

조, 좋으니까
하는 거지, 무슨….

이걸 하면 좋아요?
어떻게 좋아요?

몰라!
사랑하는 사람들은
원래 다 입으로 쪽쪽대고
그러는 거야.

오호~

사랑하는
사람들은 원래 다—

쪽쪽….

제인.

왜—

제인! 제인!!

애….

아, 왜~~~~!

끄악! 내 눈!!!!!

저기….

너 여기서
뭐 하는 거야?

그냥요~.

스미스.
원래 이렇게
아픈 건가요?

뭐, 뭐가?

아니에요.

근데 처음 보는
색연필이다?
산 거야?

아~ 이거
제인이 준 거예요!

색이
완전 선명해요!

이것 봐요!
대단하죠?

야! 너!! 이!!!

똥개 새끼야!

윈터! 왜 거기 그러고 있어?

넘어졌어?

안녕하세요.

아프겠다.

따가워요. 클라우드.

더 친근하게 부르라니까~.

갑자기 호칭 바꾸는 게 불편하면 차근차근 해.

그보다…
색연필 부러졌다.

어…!!!
괘, 괘, 괘, 괜찮아요….

괜찮다면 다행이고, 다음부턴 조심해.

알겠어요.

그럼 난 이만 간다~.

잘 가요, 클라우드.

가웃?

아도라!

…윈터?

붕

붕

아도라, 오랜만이에요! 보고 싶었어요!

하고 싶은 말이 너무 많아요.

이따 만큼!

그동안 어마어마한 일이 많았어요!

나도 너무 보고 싶었어요!

정말 많은 일이 있었나 봐요. 뭔가 변한 것 같아요.

따뜻해졌어.

우와아~

싱긋

그래요? 따뜻해졌어요? 정말요? 정말?

네, 정말.

Part 21
/
포옹의 힘

어머, 예쁘다~.

윈터,
누구야?

지금은 희미하니
기억이 잘 안 나는데,

어~엄청 많이
예쁘고 아름다웠던
것만은 또렷해요.

푸르고, 따뜻하고,
찰랑거리고,
웃는 소리로
가득 찼었어요!

화기애애

신기하다!
저도 한번 꿔보고
싶어요.

그런
아름다운 꿈.

그 웃음소리
듣고 싶다.

그래서?

꿈꾸고 또 다른
느낌은 없었어?

음~

없었어요.
그냥 너무
좋았어요.

다 됐다!
너무 잘 어울려!
목선도 예쁜데 묶고
다니지 그래?

정말요?
고마워요.
좋아했으면
좋겠다.

어머머~
보여줄 사람
있는 거야?

네~.

해헤

저기
아도라 아까ㅡ

네?

어쨌든 아도라에게도,
아무에게도 말 안 할 거지?
넌 말을 잘 들을 테니까.

왜요?

나중에 놀래켜주고
싶거든.

······

아까 저쪽에서
걸어오는데 너무
반가워서 좋았다고요.

나도 그래요,
윈터.

아!
맞다!

44

톡
옥

아~ 윈터 새끼!
이상한 새끼!!
갑자기 눈알에
뽀뽀질이야!!

껌뻑
껌뻑

한 번만 더
그래봐라, 아주
제대로 걷어
차줘야지!!

생각할수록
이해가 안 가네,
진짜.

흐읍~

타닥

타닥..

야, 코딱지.

저 여자
누구야?

46

누구?

저 애? 넌 그때 자고 있었으니까 모르겠구나?

며칠 전에 난데없이 열이 펄펄 끓는 채로 문 앞에 쓰러져 있었어.

누가 데려다 둔 건지, 아님 무의식중에 아무 집이나 와서 문 두들기고 쓰러진 건지….

그냥 둘 수 없어서 새벽 내내 내 침대에서 쉬게 했어.

윈터랑은 이미 아는 사이였는지 친하더라.

어쩌다 친해졌는지는 잘 모르지만.

그게 다야? 또 아는 건 없어?

저 여자 주위에 이상한 사람이 있다거나, 그런 거는?

궁금하면 직접 물어봐~. 나도 쟤 본 건 그때 이후로 지금이 두 번째야.

누가 데려다줬을지도
모른다고….

……

그래서, 그 소중한
사람이 누군데요?

우물꾸물…

그건 비밀인데….

난 알 것 같은데, 네가
만나는 사람이 한 명밖에
더 있냐~. 솔직히
모르면 바보지.

스미스…!

누군데요? 궁금해요!

나한테도 말해줘요~. 궁금하단 말이야~.

낄낄

아이고~ 궁금해 죽어버리겠네~.

뚱-

나중에 말할래요.

드르륵

윈터! 윈터!

화들짝!

제~ ......

히윅

힐끔-

쿡쿡

왜~ 뭐~?

벌떡

제인! 지금 나오면 어떡해요!!!

완전
난리도 아냐!

재미있게 노는데
방해해서 미안한데,
로이 님이 들어오라고
하신다~.

싱
깍

……

저 이만 가볼게요.
나중에 꼭 다시
와야 해요?

아직 할 얘기의
반도 못 했단
말이에요.

꼬옥

걱정 말아요.
또 올게요, 윈터.

나 이제 여기
자주 와도 되거든요.

약속해요!
안 나오면 진짜 안 돼요!

약속할게요.

끄덕

윈터야, 잘 가….

저 자식. 나한텐 인사도 안 하고 가네….

저, 윈터에게 소중한 사람이 누군지 알 것 같아요.

쟤 스스로는 어마어마한 비밀같이 말하는데, 웃기다니까? 은근 귀여워.

저… 근데 이름이 뭐야?

아도라요!

어머, 이름도 너무 예뻐~.

로이~!

무슨 일 있어요?

쓰다듬!

그 여자 누구야? 전에 집에 왔었다며? 누가 데려다줬는지도 모른다며!

그런데도 만나? 넌 왜 아무한테나 쉽게 넘어가서 시시덕거려?

짝!

그러다 큰일 나면 어쩌려고?

너도 그래, 왜 아무것도 모르는 애를 생각 없이 내보내?

무슨 일 나면 책임질 거야?

참~나~

넌 자느라 몰랐겠지만 윈터 새끼가 내 눈앞에 갑자기 뽀….
아, 뭐 집 앞에 좀 나간 걸 가지고 되게 뭐라 그러네, 진짜!

다음부터 얘 막 내보내지 마! 이 코딱지 새끼야!

아오 저… 저…!!!

(앵무새 새끼라고 말하고 싶지만 상처가 될 것 같아 못 함.)

얼척

너도 조심하고!

어떻게 된 애가
그렇게 오래 살아놓고,
끔찍한 일 당해놓고
세상 무서운 줄 몰라!

로이.

아도라는
아무나가 아녜요.

아녜요!

아니!! 나와 제인
빼고는 아무나야!

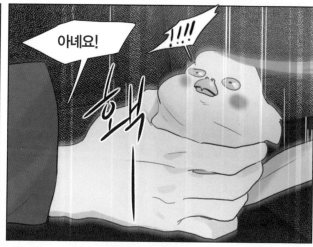

기!!!!

호박

어서

어서?

제벅

제벅

……

……

내가 왜 이러는지도
모르면서!

아......

우, 우리 쇼핑 갈까?

쇼...핑?

뭐? 쇼핑?!

그래, 쇼오오오핑!

흐아옹~

쇼핑을
가자더니….

이게 뭐야?

뭐긴 뭐야?
쇼핑이지!
인터넷 쇼핑~.

그럼 그냥 집 안에서
하면 되지, 왜 여기
추운 데서 고생이야?

좋지 않아?
난 이런 거 좋던데.

그리고 여기
경치 좋아.

하늘이
뻥 뚫려서
시원하다고.

시원하긴 무슨,
별 거지발싸개 같은
소리 하고 앉았네.
으— 추워!

오들
오들

그런데 제인. 갑자기 왜 이러는 거예요?

아니, 그게…. 내가 전에 투고를 했었거든?

꽤 여러 출판사에 투고했던 거라 잊고 있었는데 급연락이 왔네? 날 잡고 보자고 그러더라고~. 이제야 날 알아보는 사람이 생긴 거지!!

사기 아냐? 사기?

찬물 끼얹지 마라? 암튼 만나기 전에 말끔한 옷 좀 준비해야 해~.

뭔가 분위기 있는 작가같이…

지적인 느낌 나게!! 이렇게 추레하게 나갈 순 없잖아?

야. 근데 좀 이상하다? 너 돈이 어디 있다고 쇼핑이야?

……!

아니, 그렇잖아. 맨날 침대에 누워서 잠이나 잤지. 딱히 일을 하는 것도 아니면서.

집필 활동을 하는 것도 아니고, 돈이 어디서 나서 그렇게 쇼핑을 하냐고.

쟤 옷도 그래. 처음엔 팔다리 짧은 옷이더니 지금은 저렇게 딱 맞잖아?

물론 처음엔 네 옷을 줘서 그렇다고 치지만, 지금은? 이 옷들은 대체 어디서 난 거야?

어? 아, 그, 그건 나한테 오버사이즈 옷이 많거든!

그리고 전에 윈터 속옷 빌리러 갔을 때 스미스 씨가 안 입는 옷이라며 준 것도 있고~.

흐음~?

그으래? 수상한데~.

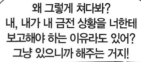

왜 그렇게 쳐다봐? 내, 내가 내 금전 상황을 너한테 보고해야 하는 이유라도 있어? 그냥 있으니까 해주는 거지!

네 밥도, 쟤 옷도! 그 정도 돈은 있으니까!

안 듣고 있음→

네게 돈 빌려줄 가능성이 제일 큰 사람은… 전에 왔던 네 친군가 머시긴가 하는 걔겠지?

그 친구… 똑똑하게 생겨가지고는 호구기가 있군.

저기요. 내가 벌어 모아놓은 거라고는 생각 안 하세요?

그래도 주위엔 폐 끼치지 마라.

빚지는 거 잘못하면 버릇된다.

네가 제일 민폐다, 앵무새 새끼야….

그것보다 뭐 사지?

로이 넌 내가 예쁜 액세서리 하나 사주려고 했는데, 그렇게 나온다면야, 뭐~.

쿡쿡~

윈터 옷도 사줄까~? 예쁜 걸로~!

아~ 잠깐 잠깐! 이러면 곤란하지~!!

······.

저벅......

저벅

피식

다 들려!

머리 묶었네.

스미스 씨가
해줬어.

잘 어울려.

재밌었어?

응! 여럿이 모여서
평화로운 대화를
한다는 게 신기했어.

기분이
너무 좋아.

음… 아니.
매일 가진
않을 거야.

…내일도
갈 거지?

거기 가면 당신을
만날 수 없잖아.
일주일에 한두 번
정도 갈래.

집에 가자.

며칠 후

아도라!!

......

여기 앉아 있으면
로이가 깨어나도 우릴
보지 못할 거예요.

미안해요, 아도라.
저는 곧 들어가
봐야 해요.

괜찮아요.
이것도 나름
재밌는데?

……

어흑ㅡ

윈터,
무슨 일
있어요?

할 말이 많다
해놓고선 왜 이렇게
조용해요?

…요즘 제인과
로이는 굉장히
바빠요.

저만 동떨어진
느낌이에요.

제인은 출판사에서
연락을 받은 날 이후로
매일매일 쇼핑에
매진했어요.

아, 살 게 너무 많아.
옷 사려고 하니까
구두가 없고~,
구두를 사려 하니까
가방이 없어~.

코딱지~, 저거, 저 모자
완전 예쁜데? 나한테
딱 어울리겠어.

지금 내 사정에
네 것까지 어떻게
사주냐?

네 친구한테
좀 빌려.
뭐 어때~.

엇씨??!

언젠 빚지는 거
잘못하면
버릇된다며~.

옷을 사려고 하니,
어울리는 구두가 없다고
하고. 구두를 사려니
가방이 없다고 하고.
가방을 사려니
액세서리가 없다고 하고.

그 외에 수십 가지가
더 있었는데 잘
기억이 안 나요.

그러다 결국엔
누군가와 통화를
하는데….

적절한 각도로
굽어진 등.

계속
숙여지는 고개.

얼굴에 경련을
일으키며 웃는 미소.

팔르르...!

왠지 사라질 것
같았어요.

제인은
또 그녀에게
빚을 지려는
모양이에요.

진짜라니까? 내가 전에
좀 많이 투고를 했잖냐.
연락 온 출판사가
좀 작지만 그게 어디야.
이번엔 정말 뭔가
될 것 같아.

왠지 감이 좋아.
그러니까, 응?
좀만 꿔줘♥

옳지,
잘한다!

그날 이후로 제인은
이상한 박스를
여러 개 받았고,

내 거는?
내 모자는?

날뛰며 좋아했어요.
저와 로이도 받았죠.

로이는 모자를 받고도
제인이 쇼핑만 하면,
그녀의 어깨 위로 올라가
뭔가를 중얼거렸어요.

*R

딱 저거 하나만 더 있으면
완전 예쁠 텐데, 사는 김에
내 것도 좀 사면 더 예쁠 텐데.

그런데 어제—.

연락이 안 와….

그게 무슨 소리야?

만나자는 연락이 안 온다고….

그래서 지금 그 담당자에게 메일을 보냈는데….

제인은 말을 끝맺지 못했어요. 그녀 주위의 공기가 대신 말해줬죠.

'설마, 아닐 거야.' 라고.

제인 씨 상심이 아주 크겠어요.

어제 겉으로 봤을 땐 평소와 같았지만 어딘가 무거운 느낌이었어요.

그래서 저도 무거워졌어요.

…미안해요. 전 이런 얘기를 들어본 적 없어서 뭘 어떻게 도와줘야 할지 모르겠어요.

저는 평소 악몽을
잘 꾸는데, 그때마다
조에가 해주는
행동이 있어요.

도움을 바란 건
아니에요, 괜찮아요.

뭔데요?

서로
안아주는 거요.

조에가
안아주면 불안했던
기분이 가라앉으며
따뜻해져요.

그렇군요.

제인, 일찍
일어났네요?

어디 가는
거예요?

……

오늘 늦게
들어올 거야.

어디
가는데요?

그냥
여기저기.

제인, 안 가면
안 돼요?
제인에게 해줄 게
있어요. 분명
좋아할—

나중에 해줘.

오늘 해줘야
하는데….
제인이
내일 나가면
안—

윈터.

내가 너에게 큰 걸
바랐어? 그냥 오늘
딱 하루만 따로
있는 게 어려워?

그렇지 않아도
힘든데 너까지
정말 왜 그래.

…제인,
그래도—

아, 진짜!

혼자 있고
싶다고!

탓

70

아무하고도
같이 있고 싶지 않아!!!

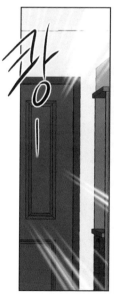

연락할 데가 없다.

내 심정을
털어놓을 데가 없어.

난 왜 멍청이같이
여기저기 다 말해놓고
다닌 거지.

사라에겐
뭐라고
말하지.

얼마나 한심하다고
생각할까.

정말 너무 짜증나.

짜증나고,

비참하고,

미안하고─.

바보 같은 놈.

그러니까
왜 붙잡아가지고.

Forest big tree

눈 주제에
왜 이렇게 예쁘게
떨어지는 건데ㅡ.

로이.

제인의 기분을
좋게 만들 순 없을까요.

…글쎄.
가만히
있는 게 도와주는
것일지도….

나도 이제 코딱지라고
놀리지 말아야지.

무슨 일이
있었는지는
모르겠지만 힘내.

토닥

토닥

애도 아니고
그만 울어.
뚝!

괜찮아. 그때의 넌
지금과 달랐잖아.

그리고 내가
너에게 들은 라비라면
용서해줄 거야.

야!
너 어디 가?!

멀리 안 가요!
집 앞에만
있을게요!!!

야! 이 멍청아!

제인, 왜 그래요? 어디 아파요?

내가 기다리지 말랬지! 언제부터 여기 서 있던 건데?!

!!!

그냥...

제인을 기다리고 싶었어요.

너 완전
짜증나아…

뭐 하는
짓인데….

제인이 언제나 제게
이렇게 해줬잖아요.

보지 마.
완전 쪽팔리니까.

괜찮아요.
전에 말했잖아요.

저에게 제인은
언제나 빛난다고.

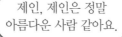

제인, 제인은 정말
아름다운 사람 같아요.

당신처럼 빛나는
사람은 정말 어디에도
없을 거예요.

Part 22

/

자고 싶은 마음

……

제인, 뭔가
느낌이―

옴실 \
옴실

!!!!

느낌이 뭐,

꾸어어어어…

깜짝

제인…?
왜… 왜
그러세요….

빠악

너!!
이 XXXX!!!
미쳤어?

봤어?!
봤냐고!!!

그 시체 같던 윈터가 제인한테 으흥흥흥흥~.
저거 뭔가 알고 하는 거 아냐?!?!

…어?
어어….

빨리 연구소에 보고해야겠어.
이건 엄청난 발전이야. 세상에 EL-01이 키스를 하다니!

너 내 옆으로 오기만 해봐! 진짜 신고해버린다!

왜요?

뭐가 '왜요?' 야! 네 잘못을 몰라?! 그런 짓을 해놓고, 모르겠다고?!!

네, 몰라요. 원래 사랑하는 사람들은 다 쪽쪽거리는 거라고 제인이 그랬잖아요!

너 지금…….

무슨… 말을 지껄이고 있는…

소오름…

88

전 제인이 좋아서
그런 것뿐이에요!

난 제인을
사랑한단 말이에요!

······

뜨어··

후다닥

제인…?

너, 너 들어오지 마!!!

제인…!

들어오면 죽는다,
진짜!!!!!!!

뭐야….

이게 뭐냐고!!!

…로, 로이?

왜 거기 그러고 있어?

......

봤구나!

네가 뭔가 오해할 것 같아서 그러는데 절대 그런 거 아니다?

이건 뭐, 음, 동생이나 아들 같은 가족과의 스킨십 정도? 이해하지?

주절

주절

…누가 뭐래?

배고파. 밥이나 줘.

어? 어어…??

왜 아무 말도 안 하지?

그, 그래.

충격

삐꼼,

윈터! 쫓겨났구나? 갈 데 없음 들어와~.

으앙-

스미스!

으히히히~

뭐야~? 제인한테 왜 쫓겨난 거야?

아주 자~세히 좀 말해봐.

제인 완전 나빠요.

왜~~ 왜애애???
왜 그러는 건데~?

저도 정말 모르겠어요.
전 단지 제인이 좋아서
그런 것뿐인데….

CCTV로 다 봐놓고,
능청스럽긴.

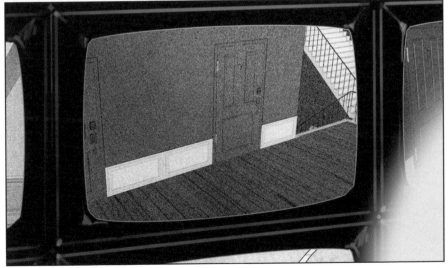

만지작...

만지작 ...

다신 그 냄새
맡고 싶지 않아.

…설마 성공작인 건가.

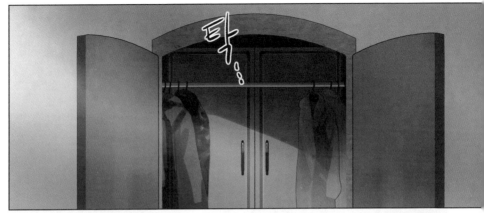

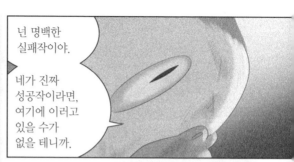

넌 명백한
실패작이야.

네가 진짜
성공작이라면,
여기에 이러고
있을 수가
없을 테니까.

아니, 난 분명
성공작이야.

그래서 네가 날 이렇게
만든 것 아닌가?

내가
성공작이라서.

난 뭐지.

넌 뭐고,

로이, 너만이
알고 있는 건가?

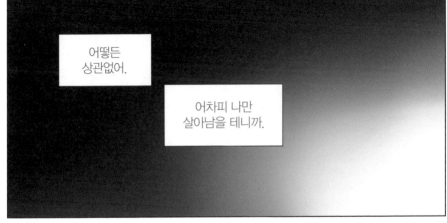

어떻든
상관없어.

어차피 나만
살아남을 테니까.

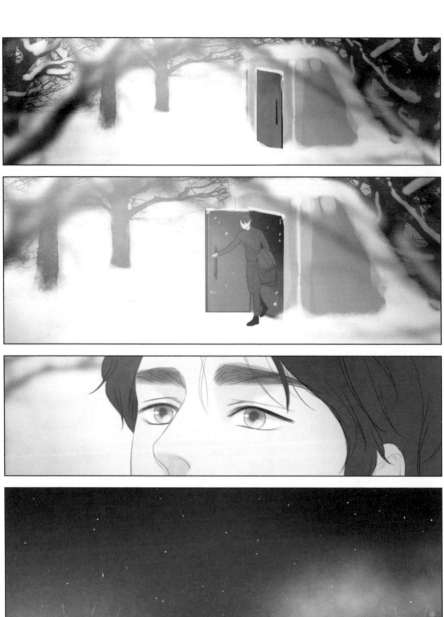

Winter Woods

너!!
아까 어떻게
된 거야?

왜 그런 짓을
한 거지?

너 정말로
제인을 좋아하거나
그런 건 아니지?

로이!
목소리가
너무 커요.

제인이 깨면
저 큰일 나요!

지금 그게
문제야?

빨리 대답해.
호기심일 뿐이라고.

지금까지와 다름없는
해프닝일 뿐이라고!

···쉬잇!

저 자식이?!

너 그러면 그럴수록
네 무덤만 파는 꼴이라는 걸
왜 몰라!

몰라요. 로이,
저 피곤해요.

피 피곤?!

너 정말로
미친 거 아냐?

푸드득

날 보라고!
날!!

으응….

왹!

내일 얘기해요.
나 너무
졸려요, 로이.

뭐…?

휴–

로이도 잘 자요ㅡ.

⋯⋯⋯⋯⋯⋯⋯⋯⋯.

…왜 하다 말아?

…내가 하고 싶어서
하는 건지 아닌지
모르겠어서.

있지, 난
호기심이어도
좋아.

그것만으로도 당신은
많이 변했다고 생각해.

…조에,
잘 거야?

그러고 싶어.

Part 23

/

겨울을 기다리는 나무

제인―.

제인―.

응?

제인.
또 맞을 거라는 걸
알지만….

제인에게
입 맞춰도 되나요?

내가
그렇게 좋아?

네!! 전 제인이
너무 좋아요.

자.

쭈우우웁~

콩닥

콩닥

콩닥

빨리 일어나!

네?

일어나라고~!!

저 지금 엄청 중요한 순간인데!

일어나~~~!!!

일어나라고!!

너, 언제 들어왔어? 감히 잠도 여기서 자? 미쳤어? 너, 미쳤냐고!

언제부터 잠을 자기 시작한 거야? 오래됐어? 잠이 점점 늘거나 그런 건 아니지? 어?

너 앞으로 내 옆 3미터 이상 가까이 오지 마, 알겠어?!

언제부터 잠을 잤냐니까?

아, 몰라요—!

너 언제부터 잠을 자게 됐는지 정말 말 안 할 거야?

저번에 내 친구 왔을 때부터 그랬어. 술 먹고 갑자기 잠들던데?

넌 알고 있었어?? 어떻게 나한테 말을 안 할 수가 있어! 이건 아주 중요한 문제라고 잘못하면—!

너, 어디 아프거나
한 건 아니지? 아니면 자꾸
미친 듯이 졸립다거나
또 뭐가 있지?

암튼 처음 느끼는
이상한 뭔가라든지,
그런 거 없지?

멍—

전
아무렇지도
않아요, 로이.

이 새끼가 진짜!!!
앞으로 이상한 점 있으면
빼놓지 말고 다 말해!

저기—

두 사람에게
할 말이 좀 있어.

사실 어제 이거
버리러 갔었어.

forest big tree

이제 그만하자는 마음에
깔끔하게 버리려고.

쓰레기통 앞에 서서
원고를 꺼내 버리려는데,
눈이 오더라?

Forest big tree

내 손등 위로 떨어진
눈이 차갑더라고.

근데 그걸 보는 순간
갑자기 억울해지는 거야.

비록 금방 녹아 없어져버리지만
저 눈도 내 손등에 냉기로 남아
머무는데, 왜 내가 쓴 작품은
그냥 없어지기만 해야 해?

117

어째서 아무에게도
기억되지 못하고
사라져야 하는 거지?

해본 것도 없이
없어질 이유는
없지 않나?

저 눈도,
살아있는 것도 아닌
저 눈도 사람의 머릿속에
기억되는데 말이야.

쓸데없이 예쁘게
내리면서 도움 하나
되는 거 없으면서.

그래서요?

순수하게 독자로서
읽어본 사람이 없는 이 작품을
그냥 버리는 게 싫어서
도로 가지고 왔어.

한번
읽어볼래?

forest big tree

……. 싫으면
어쩔 수 없—

읽을래요!!
읽고 싶어요!!! 재미없을 거야,
아마도.

재미있을 것
같아요.

고마워요.
제인!

괜히 긴장

힐끔

그곳엔
물만이 있었다.

맑고 검은 물이
밤하늘을 담은 채
가득 차 있었다.

물 위로 작은 배가
떠 있었는데 그 속에
작은 아이가 살고 있었다.

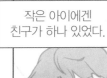

작은 아이에겐
친구가 하나 있었다.

그것은 나무였다.

나무는 아이가
가보지 못한 세계에 대한
이야기를 줄곧 해주었다.

그곳은
많은 사람들이 모여서
한 마을을 이루지.

그 세계는
언제나 시끌벅적해.

정말?
나도 한번
가보고 싶어.

그래, 아이야.
너도 언젠가 갈 수
있을 거야.

아이는
너무 외로웠다.

물론 말동무가 되어주는
나무가 있었지만,
아이는 가슴 한 곳이
허전한 것을 느낄 수 있었다.

그러던 어느 날,

처음 보는
작고 예쁜 조약돌 하나가
물 위로 솟아올랐다.

그것은 이후로도
종종 떠올랐다.

아이는 그 조약돌에
묻어 있던
슬픔을 느꼈다.

그것을
만질 때마다
언제나 눈물을
흘렸다.

아이는 돌이 떠오를 때마다 주워
자신의 배에 모아두었다.

나, 이 돌이
어디서 오는지
보고 싶어.

어쩐지 이걸 보내는
사람은 나에게 도움을
바라는 것 같아.
도와주고 싶어.

그럼 아이야.
나와 약속을
하나 하자. 절대로
물 밖으로
나가면 안 돼.
알겠지?

알겠어, 나무야.
약속할게.

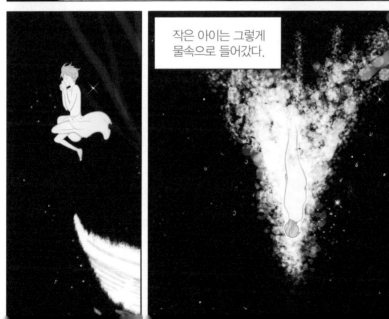

작은 아이는 그렇게
물속으로 들어갔다.

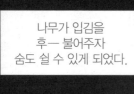
나무가 입김을
후— 불어주자
숨도 쉴 수 있게 되었다.

아이는
아래로—
아래로—
어둠 속으로
들어갔다.

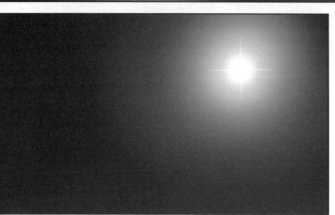

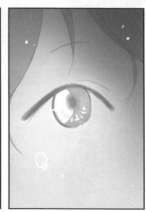

......!!

아이는 푸른 나무의 모습에 감탄했다.

나무야, 이게 너야? 너무 멋있다!

그리고 그 곁에 간절히 기도하던 소녀를 보았다.

그 소녀의 이름은 '네나'였다.

그녀는 기도를 마치고
눈을 떴고,

안녕?

물속에 있던
아이를 보고 놀란 네나는
결국 도망치고 말았다.

그것이 그들의
첫 만남이었다.

......

그날 이후 아이는
매일 물 밖을 서성이며
네나를 기다렸다.

그러나 그녀는
오지 않았다.

조약돌도
올라오지 않았다.

아이는 너무 슬펐다.
외로워서 슬펐다.
쓸쓸해서 슬펐다.
혼자여서 슬펐다.

내가 그렇게 싫은가?
내가 무섭게 생겼어,
나무야?

나도 모르겠구나,
아이야. 이제 그만
가는 게 좋겠다.

그때 그 소녀가
다시 찾아왔다.
그녀는 아이에게
물었다.

요정님이죠?
내 기도를 듣고
온 거죠?

미안. 난 요정이 아냐.
다만 이걸 발견하고
주울 때마다 네가
너무나도 보고
싶었어.

요정님이
아니구나.

소녀는 눈물을
흘렸다.
자신의 기도를
들어주지 않는
요정님이 야속했다.

그녀의 눈물에
아이도 덩달아
같이 울었다.

그 둘은
그렇게 한동안
마주보며 울고
또 울었다.

내 이름은
네나야. 넌?

난 아이야.
내 친구 나무가
그렇게 불러.

그들은 그렇게
친해졌다.

반가워, 아이야.

아이는
그때 알았다.

사람의 손은
굉장히 따뜻하고
포근한 것이구나.

난생 처음 느껴보는 느낌에
아이는 또 다시 벅차올라
눈물을 흘렸다.

그 이후 그들은 매일매일 만났다.

만나서 하고 싶은 이야기들을 토해내듯 말하고, 귓속에 꼭꼭 담았다.

아이는 하루하루가 즐거웠고, 그녀와 헤어질 때면 시간이 빠르게 흐르는 것 같아 슬펐다.

아이는 네나를 좋아했다.

그런데 넌 왜 요정님을 기다리는 거야?

나는 두 발로 걷고 싶어.

할머니와 함께 산책해보고 싶어.

그래서 매일 소원을 빌며 동전을 호수에 던졌던 거야.

그렇구나.

네나의 말에 아이는 슬펐다.

배로 돌아와서도 우울했다.

자신이 한탄스러웠다.

요정이 되어 네나를 도울 수 있게 해주세요.

아이도 네나처럼 요정을 찾고 싶었다.

찾아서 소원을 빌고 싶었다.

그때였다.
아이의 가슴이
간지럽기 시작한 건.

그리고 작은 덩어리를
토해냈다.

그것은 찬란히 빛나는
씨앗이었다.

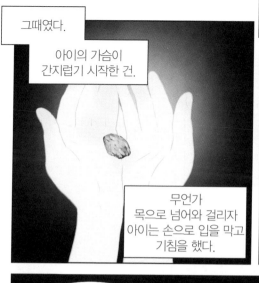

이게 뭐야?

무언가
목으로 넘어와 걸리자
아이는 손으로 입을 막고
기침을 했다.

작은 씨앗이지. 그건 너의
일부란다. 네가 어떤 것을
강하게 원해서 네 몸에서
떨어져 나온 거야.

그럼 내가 원하는 걸
할 수 있는 거야?
네나에게 주면 그 아이가
걸을 수도 있겠네?

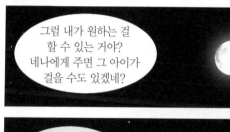

맞아.
하지만 해와 달이
열 번 바뀌는 날 다시
돌려받아야 해.

그렇지 않으면
너도 위험해지거든.

난 네가 네나를 돕지
않았으면 좋겠구나. 그러다
그 씨앗이 돌아오지 않으면
어떡하려고 그러니.

아냐, 내가 아는
네나라면 꼭
돌려줄 거야.

아이는 네나에게
가기 위해 물장구쳤다.

영롱히 빛나는
씨앗을 품에 안고.

그날따라 네나는 더욱 아름다웠다.

아이야!

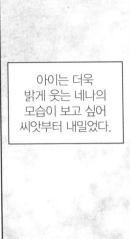

아이는 더욱 밝게 웃는 네나의 모습이 보고 싶어 씨앗부터 내밀었다.

자, 받아.

이걸 지니면 걸을 수 있을 거야.

아이의 말에 네나는 그 씨앗을 받아 들었다.

그 순간 네나는 다리가 단단해지고, 힘이 넘치는 것을 느낄 수 있었다.

그녀는 단숨에 일어섰다. 두 다리로 서서 믿을 수 없다는 듯이 자신의 다리를 바라보았다.

나 지금 너무 행복해!

네가 행복하다니 나도 너무 행복해!

네나는 곧바로
할머니에게
달려가 자신의
모습을 보여줬다.

할머니는
너무 감격스러워
네나를 껴안은 채
눈물을 흘렸다.
그녀의 모습에 네나도
함께 울었다.

그 이후로 네나는
할머니와 산책도 하고,

그녀를 도와
밭일도 하며 하루하루
즐거운 날을 보냈다.

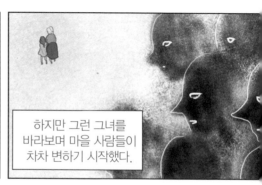

하지만 그런 그녀를
바라보며 마을 사람들이
차차 변하기 시작했다.

그리고
네나에게 접근했다.

네나, 어떻게 하면
그렇게 건강하게 걸을 수 있니?
우리 아들도 아픈데 좀
알려줄 수 없겠니?

우리 아빠가 머리를 다쳐서
깨어나지 못하고 있어.
어디서 그 씨앗을 주웠니?

내 아내가
너무 괴로워한단다.
그 씨앗 어디서 났니?
나도 좀 나눠주렴.

동생이 너무 힘들어해.
잠깐만 쓰고 돌려줄 테니
빌려주지 않으련?

아, 안 돼요. 이건
다시 돌려줘야 해요.
미안해요.

네나는 마을 사람들을 피해
도망 다녔다. 하지만
그들은 오히려 네나에게
화를 내며 달라붙었다.

그러다 달이
열 번째 바뀌기 전,
그녀는 몰래 마을을
벗어나 아이에게 갔다.

사람들의 눈을 피해
최대한 은밀하고
빠르게 숲속을 달렸다.

한편, 아이는
씨앗을 돌려받기 위해
밑으로 내려갔다.

1분이라도 빨리
네나를 보기 위해
더 빨리 물장구쳤고,
더 크게 손을 휘둘렀다.

네나는 얼마나
더 예뻐졌을까.
아이의 얼굴엔 이미
환한 미소가 가득했다.

수면 위로 올라가자
네나의 얼굴이 보였다.

네나!

그리고 그 뒤로
처음 보는 그림자들도
있었다.

마을 사람들은
기다렸다는 듯이
아이를 난폭하게
물 밖으로 끄집어냈다

그리고
도망가지 못하도록
묶어버렸다.

안 돼!!!

아이를 놔줘요!

우리 아이가 너무
아픈데, 저도 좀 줄 수
없나요?

무슨 소리야,
당연히 내 아내부터
해야 하는 거 아냐?

아냐, 나부터!
우리 아빠부터
도와주세요.

마을 사람들은
점점 미쳐갔다.

전 할 수 없어요.
전, 전 못해요.

거짓말하지 마!
네 몸속에 잔뜩 있을 거 아냐!
내놔! 내놓으란 말이야!

그들은 아이의 몸을
갈기갈기 찢을 듯이
달려들었다.

네나는 몸을
던져 그들을
넘어뜨렸다.

그만… 그만해!!
그만하란
말이에요!!!

아이야! 어서 일어나!
어서 도망가자!
일어나!

네나… 나 힘이
들어가지 않아.
너무 아파….
괴로워….

아이는 일어나질 못했다.
하늘을 바라보니
달이 크게 기울어 산턱에
아슬아슬 매달려 있었다.

시간이 없었다.

네나는 아이를
구하기 위해 주머니에서
씨앗을 꺼냈다.

마을 사람들은
그 씨앗을 가지기
위해 달려들었다.

네나는 그들의 손에
아이가 닿기 전에
씨앗을 건넸다.

네나는 다리에
힘을 잃고
주저앉았고,

저애가!
퍽!

아이의 몸은
씨앗을 흡수해
영롱히 빛났다.

하지만
마을 사람들의
행동은 생각보다
빨랐다.

네나,
도망가…!

도망가야 해….

그들은 먹이를 발견한
늑대처럼 아이를 향해
달려들었다. 그들 사이로
아이의 눈이 보였다.

네나는
움직일 수 없었다.

그의 말대로 도망가야
했지만 그럴 수 없었다.

이미 그녀의 다리는
땅을 딛고 서기에
한없이 약했다.

그녀는 두 손을 모아
간절한 마음으로
기도를 시작했다.

도와주세요.
아이를 도와주세요!
제발 제 목소리가 들리는
누군가 있다면 아이를
도와주세요.

작은 호수가
일렁이기 시작했다.

안개가
피어올랐다.

안개는 점점 진해져
한 치 앞도 가늠하기
힘들 정도였다.

마을 사람들은
당황하기 시작했다.

그들은 아이의 몸에서
떨어져 뒷걸음질 쳤다.
그리고 하나둘 도망쳤다.

그곳엔 네나와
아이만이 있었다.

네나는 아이에게
기어갔지만, 어쩐지 아이는
가까워지지 않았다.

오히려
점점 멀어졌다.

아이야…!
아이야!

아무리 불러도
아이는 깨어나지 않았다.

두 사람은 점점 멀어졌고,
보이지 않을 만큼 멀어지자
어느새 그녀는 집으로
돌아와 있었다.

호숫가엔
아이뿐이었다.

아이야. 결국
이렇게 되었구나.
난 널 도와줄 수가
없었단다.

난 나무일 뿐이니까.
움직일 수 없으니까.

네나에게 도망가라
손짓하던 자세 그대로
굳어 있었다.

그래도 다행이야.
아직 숨이 붙어 있어….

씨앗이 있다면
좋았겠지만, 그새
네나에게 주었구나.

이제야 비로소
널 도울 수 있겠다.

나무의 제일 높은 곳,
햇빛과 달빛을
가장 많이 머금은
이파리 하나가 떨어졌다.

그 나뭇잎은 아이의 몸에
닿자마자 파삭 부서졌고,
아이의 몸도 점점
희미하게 사라져 안개 속에
녹아들기 시작했다.

몸 위에 톡
하고 닿았다.

넌 씨앗을 머금은 순간
다시 살아날 거란다.

안개 속에서
기다리렴.

씨앗이 돌고 돌아
네게 돌아올 때까진 살아
있어야 하지 않겠니.

아이는
안개가 되었다.

몸과 마음이
없는 채로
숲속에 머물면서
씨앗을 기다렸다.

아니, 씨앗을
기다리고 있는 것이
아닐지도 모른다.

우리 다시 만나자.

씨앗과 함께
나타날 그 아이,
네나를 기다리고
있을지도.

안 돼···
안 돼, 아이야!

안 돼···.

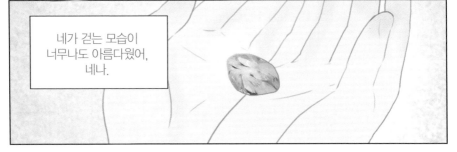

네가 걷는 모습이
너무나도 아름다웠어,
네나.

아이야···.

아이야….

아이야….

Winter
Woods

forest big tree

으아아아~~ 내 눈이
썩어 들어간다아!!!

이 소설 안 본
눈 어디 없냐!
당장 사게!!

슬쩍

제인, 제목을
왜 이렇게
정했어요?

맞아.
도대체 나무의
정체가 뭐야?

너희들
뭐인 것
같은데

끙끙...

제 생각엔
요정님 같아요.
네나의 소원을
들어줬잖아요.

네가
그런 것 같으면
그럴 수도 있지.

이 동화에 등장하는 요정이라서 제목이 그런 건가? 무슨 요정이 그렇게 약해?

시무룩...

어차피 들어줄 소원 시원하게 팍팍 들어주고 그러면 좀 덧나? 내 스타일은 아냐.

난 기왕 요정이라면 신급이었으면 좋겠어. 답답하게 저게 뭐야, 저게.

흠—.

난 평소 나무 같은 존재가 내 곁에 있었으면 좋겠다고 생각했어.

로이 네 말대로 신급은 아니지만 적어도 포기하지 않게 만들어주잖아.

네나는 아마 아이가 살아있다고 믿고,

아이를 포기하지 않을걸?

143

제인.

제 몸속에 있는
씨앗을 돌려주러
숲에 가야겠어요.

맞죠? 이 씨앗이
동화 속에 나오는
그 씨앗이죠?

얘 또
시작이네….

아냐, 윈터.
이건 그냥 동화일
뿐이….

이 씨앗이
바로 아이의
것이잖아요!

어쩐지
이 씨앗
대단하다
싶었어요.

그래…
맞아.

우리 할머니의
씨앗이었어.

할머니의 할머니의
할머니한테서부터
내려온 건데 우리 할머니가
돌아가시면서 내게
그러더라고.

아이에게
돌려줬으면
한다고.

그래요! 가서
돌려줘야겠―

내가 예전에
씨앗을 아이에게
돌려주러 갔었는데
그 연못은 없어졌더라.

흐어어~?!?!?!
아, 아니에요….
아이가 기다리고
있을 텐데….

나도 너처럼 너무 슬펐어.
그래서 이렇게 씨앗을
애지중지했던 거야.

근데 네가
그따위로 훔쳐갔지!

아…
그런… 거….

돌려줘야….

어…
그러니까….

충격

애를 그렇게
놀리고 싶냐?

속이는 애나,
멍청하게
넘어가는 놈이나.

슬퍼하지 마.
아이가 어떻게 되면
너 때문인 걸
어쩌겠어.

어쩔 수
없지 뭐.

토닥
토닥

안 돼요!!
잘못했어요, 제인….
꼭 돌려줄 거예요….
찾아줘야 해요….

세상 모든 사람들이
윈터 같으면
얼마나 좋을까.

왜,

네 이야기를
진지하게 대해줄
테니까?

아니, 내 책이
불티나게
팔릴 텐데.

……

그래도 네 반응,
기분 좋아.

고마워.

그럼 제인,
뽀뽀해도….

꺼져.

또
자네…

아이야.
여기야—.

둥실

둥실

나는
여기에 있어….

아이야, 넌 어느새 커버렸구나.

네가 자라는 모습을 차근차근 보고 싶었는데.

이제부터 함께 있자.

꼭 붙어서 떨어지지 말자.

넌 네나한테 가봐야지.

네나?

그래, 네나.

넌 그녀와 함께하고 싶잖니.

응, 맞아. 나무야.

난 네나와 함께 있고 싶어.

기다려줄 테니, 다녀오렴.

난 언제나 여기 있으니까.

고마워, 나무야.

153

꼭 돌아올게.

네나….

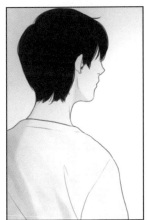

제인, 뭐 해요?

아, 뭐…
단기적으로
할 만한 일자리
구하고 있―

어?

너 오늘따라 좀 이상하다? 뭔가 변한 것 같아.

전 달라진 거 없어요.

그냥….

방금 잠깐 꿈을 꿨는데, 그 이후로 뭔가 확실해진 느낌이 들어요.

뭐, 뭐가?

음~ 씨앗에 대한 것도 그렇고….

전 떠나지 않을래요.

제인에게
할 이야기를
다 마친 후에도,

로이를 설득시켜서
여기 제인과 함께
남아 있고 싶어요.

어…
뭐라고?

찌릿

???

제인, 방금
여기가 찌릿했어요!

어. 그래.

무심…

하~

알바나 빨리
구해야지.

159

Part 24

/

눈물 속 전화번호

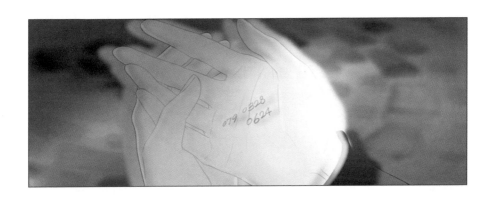

앗.
래리다!

제인!!

어?

저 밖에 나가서
래리랑 있어도 돼요?

어어, 그래.

근데 아까부터
로이가 너무
조용하지 않아?

재 태엽 감아줘야
할 때 되지 않았어?

끄벅

끄벅

괜찮아요.
제가 알아서
할게요. 제인.

...알겠어.
그럼 놀다 와.

밖에 추우니까
옷 챙겨 입고
나가~

뭐 감아줄 때
되면 감아주겠지.

네!

어휴—!
이놈의 청소,
청소!!

나 연구소 다녀올 동안
운동하는 셈 치고 간단하게
광장 청소 좀 해.

뭐?

나 CCTV 봐야 해서
바쁘다니까.

요즘
신경 쓰이는 것들이
얼마나 많은데.

봐, 클라우드
저놈 요즘 이상하게
외출을 안 하잖아.
수상하지 않아?

일이 없나 보지.
지금 클라우드가
문제야?

청소 그냥 할래,
안 하고 굶을래?

아, 밥을 거는 건
너무하잖아!

그리고
CCTV는ㅡ!

CCTV 영상은
휴버트 선임도
볼 수 있잖아!!

살
벌

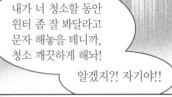

내가 너 청소할 동안
윈터 좀 잘 봐달라고
문자 해놓을 테니까,
청소 깨끗하게 해봐!

알겠지?! 자기야!!

우 씨…….

클라우드를
간과해선 안 될 것
같다니까…!

165

래리!!

저 녀석 요즘 들어
표정이 다양해졌네.

청소하는
중이에요?

처음과 비교하면
확실히 많이 달라지긴 했군.

래리,
물어볼 게
있는데요.

맨입으로
가르쳐줄 순
없고~.

눈 치우는 거
도와주면 알려줄게!

슬쩍

알겠어요!

궁금한 게
뭔데?

아까 제인 얼굴
보는데 여기가 살짝
찌릿했어요.

이거 왜
그런 거예요?

네가 제인을 좋아해서
그러는 거네, 뭘.

얼굴만 봐도 좋고,
생각만 해도 좋고.

그래서
그런 거예요?
좋아서 찌릿….

그럼~
좋으니까
찌릿하지.

그렇구….

찌릿

찌릿

찌릿

래, 래, 래, 래리.
찌릿하다고 해서
설마 그 상대방을
다 좋아한다는 건
아니죠?

아니, 좋아하니까
찌릿하는 거지.

관심도 없는
사람 봐서
왜 찌릿해?

아닐 거예요.

냉
정

전 래리
안 좋아해요.
래리가 틀렸어요.

뭐, 인마?!

167

완전
대담하더라고요.

고거 고거,
좀만 더 크면 아주 선수
되겠더라니까요?!

하는 짓 보니까
너무 귀여워요.

그런 동생 하나
있으면 엄청 잘해줄
텐데 말이죠.

아… 네…

스미스 씨는
윈터를 괜찮은 사람으로
보고 있군요.

처음엔 그냥
인형 같은 녀석인 줄
알았는데, 볼수록 애가
재밌고 착하잖….

아, 뭐— 실험 중에
살펴보다 보니
그렇다는 거지,
다른 뜻은 없어요.

하하

……

스미스 씨는
이 실험이 끝난 뒤,
윈터가 어떻게 될 것
같아요?

그야…
다시 실험실로
돌아오겠죠.

그리고? 돌아와서는
어떨 것 같은데요.

…전처럼 그렇고
그런 삶을 살겠죠.

스미스 씨는 윈터가
제인 씨에게 보내지기 전
어떤 실험을 받았는지
알고 계신가요?

감당하기 힘들 것 같으면
애초에 정을 주지
않는 것이 좋아요.

어쭙잖은
감정은 별 도움이
안 되거든요.

그건... 선임님 얘기인가요?

...맞아요.

그래서 후회하고 있어요.

생각보다 마이크 성능이 참 좋네요. 혹시나 해서 래리보고 달고 가라고 한 거였는...

아까 제인 얼굴 보는데 여기가 살짝 찌릿했어요.

뭔가...

이상하군요.

살아있는 생물인 이상 언젠가는 죽어요.

하지만 EL-01은 지금까지 살아온―.

'그것'은 살아있는 것이 아니에요.

하지만 그것이 살아있다면 이야기가 달라지죠.

그가 살아있는 존재라면...

죽을 겁니다.

그동안 흐르지 않던 시간이 빠르게 흘러가겠죠.

윈터를 직접 만나봐야겠어요.

최대한 빨리.

네? 갑자기 그게 무슨….

가능한가요?

선임님… 전 지금 이 상황을 이해하기가 참….

스미스 씨도 아시다시피 윈터는 전에 가슴의 통증을 느꼈던 적이 있었어요.

때문에 저 통증은 윈터에게 익숙한 통증이어야 하죠.

171

그런데
윈터의 반응을 보니
아닌 것 같군요.

그 부분이
걸려요.

너무 민감한 거
아닐까요? 아직
수치상으로는 아무런
변화가 없잖아요.

게다가
관찰이 끝날 때까진
접근하면 안 된다는 거,
아시잖아요?

스미스 씨.
전 윈터의 저 변화를
직접 눈으로
확인하고 싶어요.

아니,
그래야만 해요.

윈터를
잠시 만날 수 있도록
도와주세요.
부탁해요.

책임님이 아신다면
큰일 날 거예요.

각오하고 있어요.

따리응

자기야. 휴버트 선임이
윈터에게 확인해야
할 것이 있대. 자세한
이야기는 나중에 하고,

일단 윈터 데리고
쇼핑센터로 적당히
핑계 대고 나와.
-스미스-

이건 또
무슨 상황이야?

윈터.

네?

뭐 좀
살 게 있는데,
같이 갈래?

똑똑

윈터인가?

윈터 일찍 왔—

아…
안녕하세요.

저기, 쇼핑센터에
윈터 좀 데리고 가도
될까요?

스미스가 머플러 좀 사오라는데…
같이 가려고 했더니 제인 씨의 허락을
받아야 된다고 하네요.

다녀오고 싶어요,
제인.

아—
저 눈빛….

그럼
잠시만요?

윈터, 손
잠깐 줘봐!

이거 내 번호니까
잊어버리거나
래리 씨 놓치면—

아무나 붙잡고 바로
전화해. 알겠지?

저번에 같이 나갔다가
너 혼자 들어온 적
있었잖아~.

그땐 운이 좋았지만,
혹시 모르니
예방 차원에서….

175

너 래리 씨 옆에 찰싹 붙어 있어!

또 어디 돌아다니다가 미아 되어서 다른 사람 고생시키지 말고.

걱정 말아요, 제인. 저도 이제 우리 집 정도는 알아서 찾아올 수 있어요.

…우리 집?

난 그냥 네가 어디만 나갔다 하면 불안해.

띠링

최대한 빨리 와.
-스미스-

자— 그럼 허락도 받았으니 다녀올게요.

다녀올게요.

다녀오세요.

흐음~

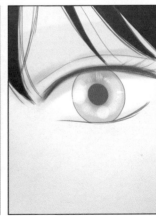

망상 중

제인과 손잡고
걷고 싶다는 몸짓.

휴버트 선임이
지금 윈터가 있는 곳으로 갈 거야.
자기는 건물 2층으로 와.

휴버트 선임은
도대체 무슨 생각으로
윈터를 이런 데까지
불러내는 거지?

분명 관찰 기간 동안
어떤 간섭도 하면
안 될 텐데.

저기, 윈터. 센터 안쪽은 좀
복잡하니까 살 것만 사서 금방
올게. 여기서 기다리고 있어.

알겠어요.
래리.

자기야!
여기야.

이래도 돼?
나중에 큰일
나는 거 아냐?

몰라, 답답해.

뭐가?

…나도
후회하게
될까 봐.

뭐야.
무슨 일인데?

자세한 얘기는
저녁 먹으면서 하자.

흐아아~.

로이 있잖아,
나 뭐 해 먹고살지?

난 세상에서
제일 쓸모없는
인간이야.

네 말대로 난
코딱지인가 봐.
아무짝에도
쓸모가 없어.

…….

그보다 아까
윈터가 뭐라는
줄 알아?

'우리 집 정도는
알아서 찾아올 수
있어요!'

에

베
베

이러더라?
지가 나가봤으면
얼마나 나가봤다고.

근데 언제부터
'우리 집'이 된 거야?
여긴 내 집이라고~.

야. 내 말
듣고 있어?

너 너무 심하게
자는 것 같다?

차라리
뭐라도 좀 먹고—

로… 로이?!

로이!!!

나 이제
이름도 있어요!
윈터, 윈터 우즈.

제인이
지어줬어요!

아무리 생각해도
너무 멋진 이름이에요.

그리고 이웃도
세 명이나 되고요,
친구도 생겼어요.

종알

종알

아도라라고 작고 예뻐요.
물론 제인이 제일 예쁘지만.
아도라는 자주 못 만나서
아쉬워요.

......

휴버트에게
감사하다는 말을 꼭
하고 싶었어요.

휴버트가
절 제인에게
데려다줬으니까요.

당신은 내 생명의 은인이에요.

…은인.

아, 맞다!

흉터도 없어졌어요!

겉보기엔 멀쩡해 보이는군. 아니 오히려 좋아졌어.

그런데 그 가슴 통증은 뭐지?

대단하죠?

정말 사람 다 됐네. 다행이야, 윈터.

쓰담

휴버트에게 흉터가 사라진 걸 꼭 보여주고 싶었어요.

그래? 어째서?

휴버트는 언제나 이걸 볼 때마다 표정이 좋지 않았잖아요.

가슴도 뛰고요.

그래?

특히 제인을 볼 때마다 가슴이 마구 뛰어요.

너무 심하게 뛰어서 숨이 차는데, 그 가쁜 기분이 너무 좋아요.

숨을 쉬는 게 아니라— 음… 제인을 쉬는 것 같아요.

제인 주위의 그 공기를 쉬는 것 같아요.

제인을 많이 좋아하나 보구나.

…그런데 너, 내가 했던 말 기억하니?

아무도 믿지 말라는 말, 나조차도 믿지 말라고 했던 그 말 말이야.

지금 보니 기억 못 하는 것 같구나.

기억했더라면 처음 나와 마주쳤을 때에도 의심부터 했을 테니까.

무슨
의심요?

내가 널 다시
그 끔찍한 곳으로
끌고 갈지도 모른다는
의심.

아뇨.
휴버트는 그런 짓
하지 않을 거잖아요.

로… 로이?!

로이!!!!!!

눈 좀 떠봐!!

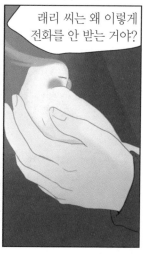

래리 씨는 왜 이렇게 전화를 안 받는 거야?

여보세요?

지금 너무 급한 일이 생겼는데 윈터 어딨어요? 윈터 좀 바꿔주세요!

래리 씨!!! 저 제인이에요!

네? 윈터요? 어— 지금…

저~~~기 멀리 있는데.

왜 그러는데요?

지금 급한 일이 생겨서요! 차라리 제가 그리로 갈게요!

어디예요?

여기로요?! 어, 여기가 어디냐면…

아직 멀었어?

지금 선임한테 전화 걸고 있어! 조금만 더 시간 끌어봐!

나조차도 믿지 말라고 했을 텐데.

아니, 네 주위 모든 사람들을 다 의심해야 해.

말했잖아. 누구도 아무런 대가 없이 호의를 베풀지 않는다고. 넌 왜 내 말을 듣지 않고 있는 거지?

제인도, 래리도, 스미스도, 아도라도 다 좋은 사람들이에요. 물론 휴버트도 마찬가지고요.

난 그들이 좋아요. 그들은 누군가를 속이거나 할 사람들이 아녜요.

내가 널 속이고 연구소로
끌고 가기 위해 일부러 여기에
온 거라면? 그렇게 된다 해도
넌 할 말 없어.

그저 멍청하게
끌려갈 수밖에 없다고.
아무런 준비 없이
말이야.

…….

그러니까 내 말
흘리지 말고
새겨들어.

듣고 싶지
않아요.

이 세상 사람들은 네가
생각하는 것보다 훨씬
영악하고, 무시무시해.

난 네가
그것들을 미리 알고
배워서 고통을 겪기
전에 벗어났으면
좋겠어.

윈터―.

위잉

위잉

네, 말씀하세요.

여기는….

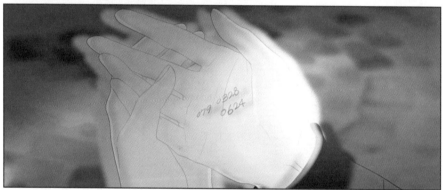

079 0828
0624

제인 씨, 잠깐
진정하고요,

어…
여기를 어떻게
설명해야
되나~?

쇼핑센터
앞에 있는 공원
안에 있대.

아~!
쇼핑센터 앞
공원 안이에요.

알겠어요!
거기로 갈게요!

심장 소리가 점점 더 약해지잖아!

이대로 내가 영영 일어나지 않는다면 그걸로 끝이겠구나.

아니, 끝이라는 것도 모른 채 그냥 아무것도 아닌 게 되는구나.

아무것도 아닌 그 사실마저 모를 테지.

그게 죽음이라고….

난 죽는 게 싫어….

로이, 너 죽으면 알아서 해!

진짜 죽어!

윈터!!!!!!

제인?

제인! 여긴 어떻게
알고 왔어요?

로이!
로이가 이상해!

…로이.

이젠 심장 소리도 거의 안 들린다고!

빨리 태엽이라도 감아줘 봐!!

로이 미안해요….

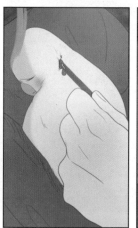

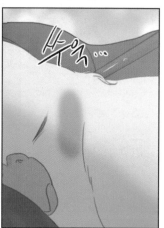

뚝우…

끼릭…

끼릭

로이! 괜찮아?!
정신이 들어?

……

죄송해요, 로이.
다 제 잘못이에요.

Part 25
/
아이와 어른 그 사이

로이…?
괜찮아?

…뭐야,
설마 기억이
지워진 건
아니지??

멍 때리지 말고
아무 말이나
해봐!!

코.

딱.

지.

하~ 정말…!

로이!!!
다행이야! 내가 얼마나
걱정했는지 알아?!

왜 이렇게 사람 놀라게
만드는 거야?!?! 어?!

왜 그러는
건데? 무슨 일
있었어…?

정말 죄송해요,
로이. 다
제 잘못이에요.

로이 ,
이제 괜찮아.

무서워하지 마.

…왜 사과를
하는 거야?
난 아무것도
몰라….

……!

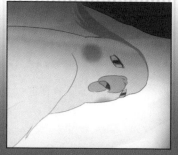

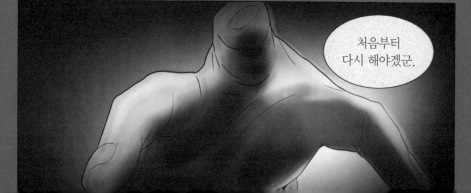

처음부터
다시 해야겠군.

그래도
정말 다행이야,
로이.

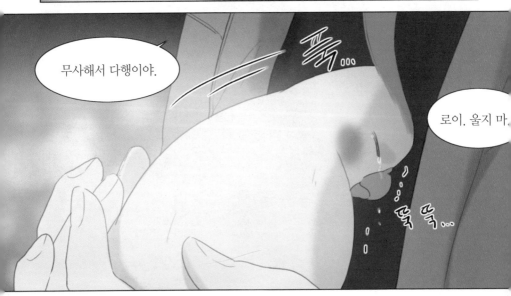

무사해서 다행이야.

로이. 울지 마.

넌 정말 나 죽고 난 다음에 죽어야겠다.
내가 정말 너 때문에 조마조마해서 제명에 못 살겠어.
넌 무조건 나보다 늦게 죽어. 난 백 살 넘게 살 거니까, 그때까진 꼭 살아있으라고. 나 죽고 하루만 더 살고 죽으면 딱 좋겠네!

아니, 그런 뜻은 아닌데 그렇게 되는 건가? 암튼 걱정거리 만들지 말란 소리야!!

티격

태격

내가 다음부터 이런 일 없도록 할게. 응?

무슨 개소리야? 너 죽을 때까지 기다렸다가 하루만 살고 자살이라도 하라는 거야, 뭐야?

쓸데없는 걱정 집어치우고 얼른 집에나 가. 추워.

로이, 정말 미안해요.

우리 로이 새끼 말 참 예쁘게 잘해. 그치, 윈터?

…됐어. 살았으니까 된 거야.

그런데…
래리 씨는? 같이 있던 거 아냐?

아, 전―

윈터!!

다 다

아~ 제인 씨도 여기 계셨네!

어디에 있다 지금 오시는 거예요?

저도 제인 씨 찾아다니고 있었어요. 중간에서 만나려고.

아닌데, 전 휴버―

꽈악

하하하

제인 씨가 윈터 혼낼까 봐 명확히 말하는데, 저는 절대로 윈터와 떨어진 적이 없습니다.

!!!!

네. 맞아요, 제인.
전 래리와 뛰어놀고
있었습니다.

아아…
뭐, 알겠어요.
머플러는
잘 사셨어요?

하하하하

뭐, 뭘 사야할
몰라서 그냥 나
스미스랑 같이 나
했어요. 하하…
일단 빨리 집에
추운데.

윈터, 받아.
내 전화번호야.

지금 당장
내가 해줄 수 있는 건
이것밖에 없어.

나는 네가 사람들을
믿지 않았으면 좋겠어.

이곳을 벗어나고
난 후 믿음이든
사랑이든 새로이
시작했으면 좋겠다.

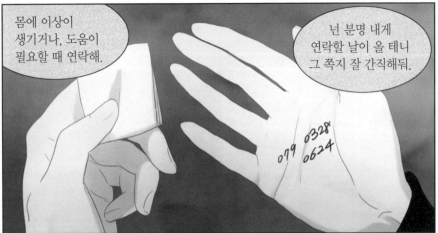

몸에 이상이
생기거나, 도움이
필요할 때 연락해.

넌 분명 내게
연락할 날이 올 테니
그 쪽지 잘 간직해둬.

079 0328
0624

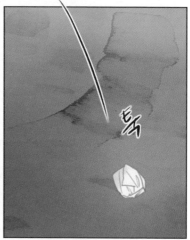

원터, 손.

공원 밖은
사람이
많으니까….

네, 제인.

휴버트.

놓치지 말고
잘 따라와.

이렇게 아름다운 손과
빛나는 얼굴을 가진 사람을
어떻게 믿지 않을 수 있겠어요?

제게 그건 불가능이에요.

어디…

다녀오는
길인가 봐요?

아, 아뇨.

잠깐 일이 있어서요,
그런데 무슨 일로…

퇴근하던 길에
사무실에
불이 켜져 있길래
한번 들러봤어요.

아직 할 일이 남았나요?
급한 일 아니면
집에 가서 좀 쉬세요.
굉장히 피곤해 보여요.

그보다
EL-01 말이에요.

연구실로
다시 회수하는 일정을 좀
앞당겼으면 하는데…

휴버트 선임
생각은 어때요?

…글쎄요.

가능하다면 퇴근하시고, 쉬세요.

Winter Woods

조에,

나에게 좋은 생각이 있어.

무슨 생각?

전에 당신이 하고 싶은 일을 하는 게 어렵다고 했지?

그걸 해결할 수 있는 방법이야.

그게 뭔데?

이 스푼.

사실, 동전이 제일 좋긴 하지만 일단 내겐 동전이 없으니까—.

쩍!

어떤 질문을 하고 그에 따른 답을 이 스푼으로 얻는 거지.

그리고 그 결과에 감정을 넣는 거야.

예를 들면 '난 밥을 먹고 싶은가?' 라고 질문하고 스푼을 던지는 거야.

스푼이 똑바로 떨어지면 먹기.

거꾸로 떨어지면 먹지 않기.

호닉

거꾸로
떨어졌어.

아…
ㄱ…그렇구나…

…그럼 난
그 답에 감정을
넣는 거야.

끄르륵
끄륵
꾸르륵
끄르르...
끄르륵...

난…
먹고 싶지…
않아….

재밌는
방법이군.

피식

하지만 그 답이 영 맘에
들지 않는다면, 난 그걸
하고 싶지 않단 뜻이지!

그렇게
감정을 찾는 거야!

…그래서
넌 지금 식사를 하고
싶다는 건가?

응. 배고파.

꼬르륵

그럼
어서 먹어.

아도라.

내일 광장으로
나올 거지?

응. 갈 거야.

당신도 나오면
좋을 텐데.

……

끼잉

응. 갈 거야.

당신도 나오면
좋을 텐데.

앞면은 나가기.

뒷면은
나가지 않기.

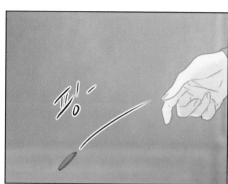

삥-

삥그르-

뒷면.

…난 나가고
싶지 않다.

네 친구란 애는
언제 오는 거야?

짜글…

곧 올 것
같은…. 엇?!

아도라!

벌떡!

윈터?!

보고 싶었어요!

와

락

나도, 윈터.

217

윈터, 소개시켜
줘야지.

응?

어…
어어…?

두근

두근

아!

아도라, 클라우드예요.
우리 옆집에 살아요.

클라우드,
아도라예요.
내 친구죠.

반가워요.

아….

내가 너무 앞섰나?

아무튼 전 이만 일하러 가볼게요.

둘이서 재밌게 놀아요.

네, 클라우드.

아... 저...

저, 저도 반가웠어요!

클라우드가 손을 흔들고 있어요.

...알아요.

그럴 것 같았어요.

중얼

윈터, 나 그 사람 얼굴
만졌어요! 뭐라고 해야 할까?
지금까지 만졌던 사람들 중에서
제일 멋있었던 것 같아요!

중얼

사람들과 저의 외모
기준은 다를지 모르지만,
손이 그의 얼굴에 닿는 순간
알겠더라고요.

중얼

정말 아름다운
사람이라는 것을요.

아도라도
아름다워요.

물론 세상에서
제일 아름다운 건
제인…

이지만….

하—

참, 제게
소개시켜줄
사람이 있다고
하지 않았어요?

버서석

네. 로이,
인사해요.

안녕.
난 로이야.
반가워.

그런데
로이 목소리가
참 매력적이네요.
신기해요.

당신과 같은 목소리를
가진 사람과 대화하는 게
벌써부터 기대돼요.

…그래?

참고로 난 빨간
머리카락이야! 거기다
사람들이 다들 그래.

내 외모는 잡지책에서
예쁜 부분만 골라 붙인
것처럼 환상적이라고.

정말 한번
보고 싶네요.

나도 나쁘게
생기진 않았어요….

눈썹이 없어
좀 휑하지만….

그런데 윈터, 아까부터 미묘하게 뭔가 이상해요.

무슨 일 있어요?

사실… 여기 나오기 전에 제인과 싸웠어요.

전 제인의 행동을 이해할 수가 없어요.

싸우다니… 무슨 일인데 그래요?

그게….

아까 아침에 그림을 그리고 있었는데….

223

집중..

음~

잘싹~

뭐 하나?

깜짝!

제, 제, 제, 제인!
언제 일어났어요?

방금.
뭐 하냐니까?

아, 아무것도 아니에요.
그림 그리고 있었어요!
그림!!!

어버버버

그래?

그림 많이 그렸어? 뭐 그렸나 볼—

제인, 이건 비밀이에요. 보여줄 수 없어요!!!

내가 보면 안 되는 거라도 있어?

혹시 이상한 거 그린 건 아니지? 너 요즘 수상해. 검사 좀 하자.

으아안돼요!!

!!!!

우당탕

······.

제, 제인. 저도 저 나름대로 감정도 있고, 고민도 있고, 복잡한 일도 있어요.

그리고… 숨기고 싶은 것도 있다고요.

…그래서?

그러니까…
제 비밀도 좀
지켜달라고요….

ㅋㅋㅋㅋㅋ

다시 한 번
말해주지 않을래?

넘어지면서
귀가 먹었나 봐. 응?

먹살

이, 일단
진정하는 게 좋겠어요.

뻥!

그래, 네 말대로
진정하는 게 좋겠다.
잠깐 밖에 나갔다 올래?
나 진정 좀 하게.

아아~ 윈터 속상했겠어요.

넘어진 건 미안하지만, 제인도 분명 잘못한 게 있어요.

가만히 보니까, 제인 씨는 윈터를 약간 어린아이 대하듯 하는 것 같아요.

마침 너 오는 날이라고 해서 소개시켜달라고 했고.

브루퉁-

난 혼자 나가는 애가 불쌍해서 같이 나와줬지.

어린아이요?

네. 하지만 그만큼 제인 씨가 윈터를 소중히 대한다는 뜻이니까….

아녜요.

전 제인에게 어린애이고 싶지 않아요.

게다가 전 결코 제인보다 어리지 않아요!

나이만 먹었으니 문제지. 속 알맹이는 그대로고.

그럼 어떻게 해야 제인과 동등하게 나란히 있을 수 있는 거죠?

제인도 분명 변할 거예요.

그러니까 그게 언젠데요….

효이이아~

쯔쯧. 그래서 네가 애 취급을 받는 거야. 좀 기다릴 줄도 알아야지.

칠렐레~ 팔렐레~ 산만해가지고는. 적당히 진중하고, 얌전하고,

ㅋㅋ

감정도 숨길 줄 알아야지. 너무 감정적이야.

흐음~

내가 효과적인 방법을 좀 알려줄까?

뭔데요?

넌 감정을 '적당히' 숨길 줄을 모르니까, 일단 그냥 다 숨겨봐.

옛날 숲에서 살던 때처럼.

…오오… 한번 해볼게요!

아도라, 전 이제 가봐야겠어요!

어떻게 되었는지 나중에 알려줘요.

물론이죠!

그럼 다음에 또 봐요, 아도라.

…윈터!

네?

너무 급하게
하지 말아요.

잘못하면 부작용이
생길 수도 있어요.

그냥
자연스럽게
변하는 게 좋을 것
같아요.

부작용이요?

…알겠어요.

조에에게 딱
윈터 반만이라도
섞어주고 싶다.

아니—
반의반이어도.

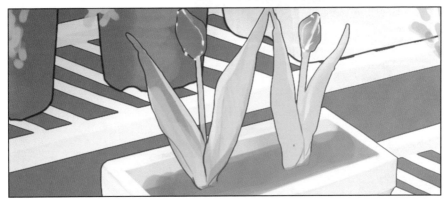

누군데
이렇게
허술해?

눈 마주친
것 같은데…
괜히 숨었나.

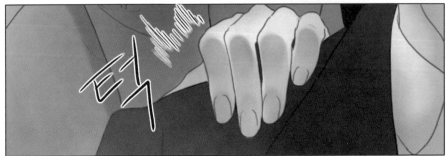

너 뭐야?

Winter Woods

Part 26

/

부작용

EL-01 말이에요,

연구실로 다시 회수하는 일정을 좀 앞당겼으면 하는데….

휴버트 선임 생각은 어때요?

책임님이 다녀간 후 혼자 남아 멍하니 앉아 있었다.

왜 그런 생각이 들었는지 모르겠지만

문득…

원터가 약물에 취해 몽롱한 상태로 내게 과거 일을 중얼거렸던 것이 떠올랐다.

새의 머리.

깨어나지 않는 사람들.

로이가 이름을 알고 있는 옆집 사람….

그 순간 어렴풋했던 것들이 짜 맞춰져 확고해지는 것을 느꼈다.

그것은

※닥터 쉬나벨.

※닥터 쉬나벨: 로마에서 온 새 부리 가면을 쓴 박사. 흑사병을 몰고 다니며, 그가 방문한 집의 환자들은 죽음을 맞이한다는 이야기가 있다.

말도 안 되는 실력으로
미행하고, 다짜고짜
할 말이 있다며 여기까지
끌고 오더니,

누구? 쉬나벨?
그건 또 누구야.

닥터 쉬나벨 폰 롬.
정말 모르세요?

전 그게
당신일지도 모른다는
생각을 했어요.

참고로 윈터와 로이는
1945년에 독일에서 건너와
제인 씨의 집에 가기 전까지
실험실 외부로 나가본 적이
없습니다.

그런데, 로이는
당신이 누군지 알고
있는 것 같더군요.

그 말인즉,
젊은 남자의 외모를
가지고 있는 당신도
평범한 사람은
아니라는 거겠죠.

물론 추측일 뿐이지만
그 외 추가적으로
들은 것도 있고요.

이런 얘기를
왜 내게 하는
거지?

물론 새 부리 가면이란
단서만으로 당신이
쉬나벨이라곤
할 수 없겠죠.

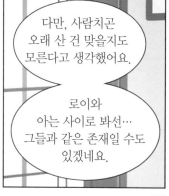

다만, 사람치곤
오래 산 건 맞을지도
모른다고 생각했어요.

로이와
아는 사이로 봐선…
그들과 같은 존재일 수도
있겠네요.

생각보다 의외인데.
너처럼 적극적으로 움직일
사람이 있을 줄이야.

생각보다 많은 걸
알고 계신가 보군요.
윈터가 실험실에
있었다는 사실에도
덤덤하시네요.

있다 하더라도,
이웃 사람들일 줄
알았는데.

어쩌다 보니
그렇게 되더군.

당신에게
부탁할 것이
있습니다.

부탁이라고 해봤자
윈터를 도와달라는
거겠지.

그런데 난
도와야 할 녀석이
따로 있어.

240

하긴.
그 녀석을 도우나
윈터를 도우나 결과는
똑같겠지만.

할 말은
이게 끝인가?

내가 좀 바빠서.

저기, 잠시.

제 연락처
입니다.

어차피 난
너에게 도움 줄
만한 게 없어.

솔직히 말하자면
네가 왜 내게 이러는지
이해가 가질 않는군.

…연락
기다리겠습니다.

그럼
수고해.

윈터와 달리
그 긴 세월을 고스란히 담고 있는
저 사람의 눈동자가
어딘지 무섭다.

재밌는 쪽으로
돌아가는군.

아르바이트
찾는 중

여기
조건 괜찮네.

윈터?

왜 벌써 들어와?

내가 쟤를 데리고 뭐 하는 짓이냐.

일자리나 더 알아봐야지.

로이, 큰일 났어요.

소곤

이미 몸 안에 뭔가가 생겼는데, 없는 척을 하려니 너무 어려워요.

그땐 제가 어땠죠? 기억이 잘 안 나요. 제인의 말에 어떻게 대답해야 할지조차 모르겠어요.

소곤

소곤

아니 괜찮아. 잘하고 있어. 계속 이런 식으로 표정까지 싹 숨겨!

점심시간

파스타 만들었는데 안 먹을래?

괜찮아요.

제인 작업 중 쉬는 시간

???????

저녁 시간

식사할 건데, 이번에도 안 먹을 거야?

네.

야!

너 잠깐 나랑 얘기 좀 해!

언제까지 이렇게 서 있어야 하는 거죠? 로이?!

자는 중

게다가 제인 분위기가 심상치 않은데—!

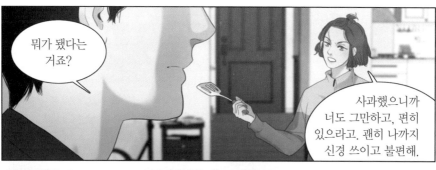

뭐가 됐다는 거죠?

사과했으니까 너도 그만하고, 편히 있으라고. 괜히 나까지 신경 쓰이고 불편해.

그리고 온종일 아무것도 안 먹었잖아.

애처럼 계속 밥 굶는 걸로 시위할 생각은 아니지?

……

제인.

제인의 눈에 비친 전 어때요?

무슨 소리야?

제 눈에 당신은 아름답고, 밝고, 어른인 그런 사람으로 보여요.

그럼 저는요? 제인의 눈에 저는 어떠냐고요.

뭐, 나도 네가 사람으로 보이지. 당연한 거 아냐?

그런 거 말고요. 좀 더 구체적으로.

구, 구체적은 무슨— 쓸데없는 소리 말고 빨리 와.

밥이나 먹자.

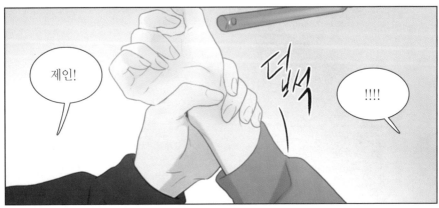

제인!

덥썩

!!!!

제인, 전 어린애가 아니에요.

야, 왜 이래?

이거 놓고 얘기하자.

···제인.

전 언제까지 당신에게 어린애 취급을 받아야 해요?

전 이렇게만 있어도 가슴이 뛰는데,

제인은 안 그래요?

······.

제인, 왜 답이 없는 거죠? 저만 이러는 거예요?

윈터, 일단 진정하고—

저녁 먹으면서 정리를 좀—

넌 네 감정만
생각하니?

그럼 제인은 저와 같은
감정이 아닌가 보군요.

저 잠깐
나갔다 올게요.

이 밤중에
어딜…!

그래,
나가든지 말든지
네 맘대로 해.

아도라, 당신이 말한
부작용이란 게 이런 건가요?

왔어?
요즘 일찍 오네.

일이 없어.

오늘 광장에선
어땠어?

너무 좋았지!
어떻게 나올 생각을
했어?

전혀 기대도 안 했는데
당신이 먼저 인사해서
얼마나 놀랐는지 알아?

당신도 내가
보고 싶었구나?

사실 윈터가 일이
있다고 해서 일찍
들어가 버렸거든.

그래도
당신 덕분에
전혀 서운하지
않았어.

그런데
정말 의외였어.
당신이 윈터의
이웃일 줄은.
기분이 이상해.

어디가
이상하다는 거지?

음… 내가 알고
있는 당신과
윈터가 알고 있는
당신이 다르잖아.

분명
한 사람인데.
마치 두 사람
같아.

이상하면서 신기해.
어떻게 보면
무섭기도 하고.

무서울 것까지야.

그리고 로이라는
사람도 만났어.
목소리가 정말 독특해.

나보고 친하게
지내자고 하더라고.
친구가 점점
느는 것 같아.

그렇게 좋아?

응, 즐겁잖아~. 오늘
윈터랑 얘기했는데 제인 씨
문제가 좀 있었나 봐. 그런
제인 씨의 기분이 이해되긴
윈터는 너무 귀여워.

솔직히 윈터 이야길
듣고 있는데 당신에게도
그런 면이 있으면 어땠을까
하는 생각이 조금 들었어.

물론 지금두 좋지만—
아주 조금만이라도?

…글쎄.

윈터와 반반 섞인
당신이라니. 너무
상상이 안 가.

윈터만큼은
아니지만 지금보단
좀 더 감정 표현을
많이 하겠지?

만약 그러면 당신도
많이 귀여울—

조에?

아도라.

아무래도 일찍
가봐야 할 것 같아.

아… 벌써
가는 거야?

잊고 있었던 일이
생각났어.

저기,
혹시 내가….

네가 뭘?

아, 아냐.

잘 가, 조에.

그래도
고마웠어, 조에.

날 보러
나와줘서.

윈터는 귀여워.

솔직히 윈터 이야길
듣고 있는데, 당신에게도
그런 면이 있으면 어땠을까
하는 생각이 조금 들었어.

윈터와 반반 섞인
당신이라니.
너무 상상이 안 가.

만약 그러면
당신도 많이 귀여울—

…….

하!

…감정 표현을

후우우 —

더 하라는 건가?

로이가 날 쫓아내기 위해
거짓말을 했다는 사실을
깨달았을 때,

화가 났다.

그리고 알았다.

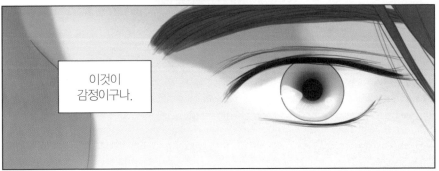

이것이
감정이구나.

스스로 주체할 수
없을 정도로 터져
퍼지는 것이 감정이구나.

난 성공작이야.

난 성공작이라고.

그날 이후 난 실패작과
로이의 주위에 머물며
그들을 따라다녔다.

왜 그랬는지는
설명할 수 없다.

얼마나 가나 보자.
반드시 그 마지막을 보고
말겠다— 라는 식의
오기였을까.

아니면 그들 사이로
비집고 들어가 괴롭혀주고
싶었던 것일까.

나는 내가 살던 집이
불타 사라질 때도,
주인님이 죽었다는 것이
은연중에 느껴질 때도,

수많은 사람들이
질병을 이기지 못하고
죽어나갈 때도,

전쟁이
났을 때도

전쟁이
끝났을 때도

실패작과 로이가
처음 보는 사람들에 둘러싸여
어디론가 끌려갈 때도

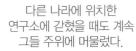

다른 나라에 위치한
연구소에 갇혔을 때도 계속
그들 주위에 머물렀다.

어떻게 하면 최고로
즐겁게 그들의 마지막을
구경할 수 있을까.

그런 생각들이
내 머릿속에
항상 가득 차 있었다.

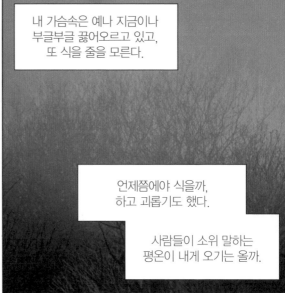

내 가슴속은 예나 지금이나
부글부글 끓어오르고 있고,
또 식을 줄을 모른다.

언제쯤에야 식을까,
하고 괴롭기도 했다.

사람들이 소위 말하는
평온이 내게 오기는 올까.

…아도라.
난 네 말의 의미를
모르겠어.

감정이 이렇게
넘쳐나는데 무슨
표현을 하라는 건지.
정말 모르겠어.

터덜

터덜

……

윈터,
여기서 뭐 해?

클라우드!

그래. 난 너와 로이의 마지막을 보게 된다면 분명 여느 사람들처럼 복잡해질 수 있을 거야.

아도라가 바라보는 아름다운 것들이 뒤섞인 세상처럼.

왜 거기 서 있어?

들어와, 들어와!

네, 그럼….

어쩌다 싸운 거야, 크게 싸웠어?

…자꾸만 저를 어린애처럼 대해요.

머, 머리?!

우와!!

이거 가발이야, 가짜 머리카락.

오… 이거 써봐도 돼요?

하루 종일 아무것도
못 먹었더니 배고프다.
넌 저녁 먹었어?

글썽

글썽

아니요.
못 먹었어요.

그래? 그럼
대충 뭐라도
먹자.

네!

반짝

클라우드.
혹시…

제가 어려 보여서
제인이 그러는
길까요?

글쎄…
100퍼센트까진
아니어도 아주
영향이 없진
않겠지.

하아—.

그만 가발 벗어.
밥 먹어야지.

아무튼 자꾸만
제인이 제게 했던 말들과
행동들이 생각나요.

…나도.

클라우드도요?
아도라도 클라우드를
어린애 취급하나요?

266

아냐.
어서 먹어.

네! 감사히
먹겠습니다.

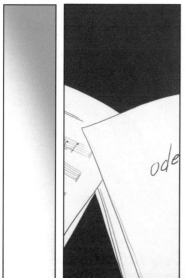

로이. 난 너의 가장 비극적인
마지막을 보고 싶은데,
점점 참기가 힘들어.

클라우드?

윈터.

내가 재밌는 사실
하나 알려줄까?

뭐를요?

난 로이와 아주
가까운 사이였어.

…네?

내가 진짜
너의 형이라니까?

너보다 먼저
만들어진 게 나거든.

자, 봐.

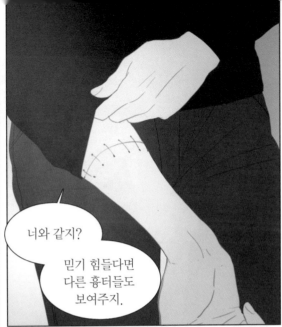

너와 같지?

믿기 힘들다면
다른 흉터들도
보여주지.

……!

로이에게서
그런 이야길 들은 적
없었는데….

로이를
믿지 않는 게 좋을걸.
숨기는 게 많아.

특히 너에겐.

저 이만
가볼게요.

너에게 긴히
해줄 말이 있어.

생각 좀
해보고 와.
기다릴게.

…알겠어요.

윈터.

너 이 시간까지
어디 있었어?

클라우드 집에
있었어요.

이리로 와봐.

일단!

사과부터 할게.

273

내가 너무
딱 잘라서 너를
밀어낸 것 같아.

그래도 한 사람의
마음인데 나랑 같지
않다고 해서 그렇게
밀어내면 안 될 행동이지.

그런데 너도
잘한 것만은 아니야.
사람 사이의 차이점을
이해할 줄도 알아야지.

네 마음만
중요한 게 아니잖아?

넌 상대방의 감정을
완전 무시한 거야.

…죄송해요.
제인을 무시한 건
아니었어요.

그… 사람 마음은
가끔 줏대 없이
금방 변하기도 해.

하지만 저도
많이 당황스럽고,
조급했어요.

제인이 말하는
그 차이점이 좁혀지지
않을 것 같아서.

그럼 제인도
변할 수 있단
거네요?

정말
다행이에요.

하하하하,
글쎄?!

274

어쨌든 참 신기해.
부럽기도 하고.

난 너처럼
그렇게 표현하는 것도
받는 것도 모두 어색해.

그래서 할머니한테
내 마음을 제대로
표현하지 못했어.

그게 지금까지
씁쓸하게 남더라.

평소에 사랑한다고
많이 말할걸… 하고
후회할 때가 많아.

난 아직도 용기가
부족한가 봐.

…그렇군요.

아무튼 모든 걸
활발히 발산하는 것도
좋은데, 그래도 여러 번
생각하고 해.

말을 내뱉음으로써
소중한 사람을 잃거나,
상처 주거나, 걱정 끼치고
싶진 않을 거 아냐.

맞아요.
그러고 싶지
않아요….

울렁

울렁

제인, 저
너무 피곤해요.

자고 싶은데,
자면 악몽을 꿀 것
같아 무서워….

제인, 제 옆에
있어주면 안 돼요?

어허~ 안 돼!
네 자리로 가서 자!

…뭐 악몽
꾸는 것 같으면
깨워줄게.

고마워요.

비틀

풀썩

여긴….

내가 왜
여기에 있는 거지?

누구…?

저 사람은…
에밀리?!

전염병 때문에
눈에도 이상이 생겼는지
모든 게 너무 희미해서
잘 안 보여요….

저 좀 일어서게
도와주시겠어요?

힘이
들어가질 않아서….

무슨 생각으로
여기 온 거야?

내가
모를 줄 알았어?

내 남편 라비!!
라비를 그렇게 만들어놓고,
여긴 왜 온 거지?!

우리 가족이 어떻게
망가지나 구경하러 왔니?!

보니까 좋아?!

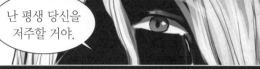

부디 우리 아이를 위해….

난 평생 당신을 저주할 거야.

죄송해요.

저주할 거야.

죄송해요.

저주…할….

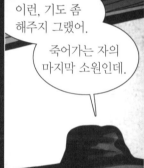

이런, 기도 좀 해주지 그랬어.

죽어가는 자의 마지막 소원인데.

여기도 시체, 저기도 시체. 온통 죽은 자들의 세상이야. 냄새가 너무 지독해. 이미 죽었네?

망자의 저주는 평생 쫓아다닌다던데. 너 이제 큰일 났다.

누구시죠?

하긴 뭐 저주가 쫓아다니면 어때? 어차피 너와 난 죽지도 않을 텐데.

쑥스러운 건가,
놀라운 건가?

그것도 아니면
겁을 먹은 건가.

Winter Woods

Part 27

/

대면

!!!!!

제인!

윈터, 괜찮아?

야!!

무슨 애가 그렇게
요란하게 꿈을 꿔?
놀랐잖아!

덜

덜

무서웠어요.

꿈이 너무
무서웠어요.

윽ㅡ.

윈터, 왜 그래?

모르겠어요.
온몸이 아파요.

어질

어질

너무 괴로운⋯!

─윈터!

에밀리,
당신의 저주가⋯.

윈터!!

제가 생각하는
그런 건 아니겠죠?

그건 너무
무서워요⋯.

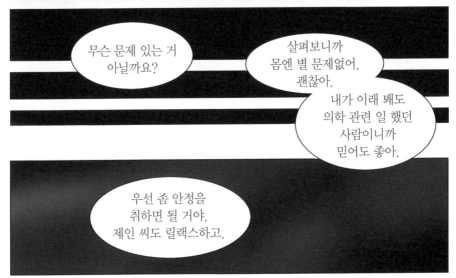

무슨 문제 있는 거
아닐까요?

살펴보니까
몸엔 별 문제없어.
괜찮아.

내가 이래 봬도
의학 관련 일 했던
사람이니까
믿어도 좋아.

우선 좀 안정을
취하면 될 거야.
제인 씨도 릴렉스하고.

윈터가 처음 만났을 때
비하면 안색도 엄청 좋아지고
몸에 있던 상처들도 아물었는데
갑자기 몸이 아프다면서
쓰러지니까 걱정이….

제인….

윈터!!

너 괜찮아?!

이제 괜찮은 것
같아요.

정말
괜찮은 거 맞아?

아무리
흔들어도 안 깨어나서
얼마나 놀랐다고…!
정말 놀랐어….

꼼꼼히 살펴봤지만 문제가 될 만한 것은 없었어.

윈터, 너 앞으로 건강해야겠다~. 제인이 어찌나 고래고래 소리 지르던지.

앍!

우리 방까지 쩌렁쩌렁 울려서 바로 달려왔지 뭐야.

저 정말 괜찮아요, 제인.

괜찮다는 애가 픽픽 쓰러지는 거 이상하잖아. 아프다며! 괴롭다며?!

그냥… 꿈이 너무 무서웠어요. 그래서 그런 것 같아요.

골똘…

분명 CCTV상에서도 아프다고 했었는데, 고통이 아닌 꿈 때문인 것 같다고?

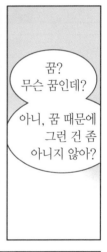

꿈? 무슨 꿈인데?

아니, 꿈 때문에 그런 건 좀 아니지 않아?

정신적 쇼크인 건가? 아냐, 뭔가 어긋났어. 꿈과 통증. 뭐가 맞는 거지?

일단은 연구소에 연락해봐야겠어. 수치상에 변화가 있을지도 몰라.

괜찮다고 하니까 난 이만 가볼게.

윈터! 몸조리 잘해라? 제인도 윈터 맛있는 것 좀 해주고!

감사합니다. 스미스.

안녕히 가세요~.

너, 앞으로 안 되겠어.
조금만이라도 이상하면
바로 말해. 너무 불안해.

제인, 제 걱정
많이 했어요?

내가 너 때문에!

일단 별 문제
없다니까 그걸로
된 거야.

제인 좀 이상해요.
많이 불안해 보여요.

…사실
내 주위 사람들은
다들 하나같이 갑자기
사라졌어.

예고 없이 떠난
엄마 아빠도 그렇고,

의사의 허락을 받고
산책 나갔음에도
불구하고….

그렇게 된
할머니도 그렇고….

……

!!!!

전에도 말했지만
너 갑자기 말도 없이
사라지면 안 된다?
알겠지?

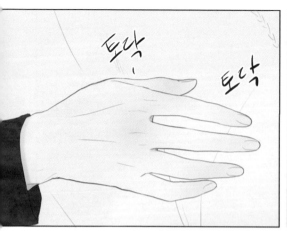

알겠어요.

RRRR.

RRRR..

맞다! 오늘
면접 가기로
했었는데!!

아— 네.
죄송합니다.

일이 좀 생겨서요….
혹시 가능하다면 면접을
좀 미룰 수 있을까요?

네, 네⋯.
아— 네. 아닙니다.
저야말로 죄송합니다.

너 진짜
괜찮아?

나도 이런
경우는 처음이라
당황스럽다.

⋯⋯네.
괜찮아요.

말은 괜찮다는데
믿을 수가 있어야지!

좋은 징후는 아냐.
하루라도 빨리
무슨 수를 내야 해.

지그시⋯

???

무슨 생각해?

……그냥.

조심해야겠다는
생각이 들어서요.

뭘 조심해?

제가 무심코 내뱉는
모든 것들에 대해서요.

윈터! 배고프지?
내가 오늘 특별
보양식 해줄게.

네, 제인.

야. 내가
생각해봤는데.

너 제인이 해준
음식 먹고 나서부터
몸에 이상 생긴 거
같지 않냐?

샌 요리를
너무 못해.

...로이.

혹시 나에게
뭐 숨기는 거 있어요?

엉?

무슨 소리야?

내가 너한테
뭘 숨겨?

그럼 됐어요.

내가 로이와
얼마나 오랫동안
같이 있었는데.

자, 밥 먹자~.

폭
쉭

쓰레기st

다음 날 아침

오랜만에 아르바이트
구하는 거라서 그런가—
괜히 긴장되네.

원터!
나 어때?

예뻐요.

제인
어디 가요?

어, 오늘 면접 보러
가는데 첫인상이
중요하니까.

면접?

'일하고 싶습니다~'
하고 대빵한테 허락
받으러 가는 거야.

빨리
돌아와야 해요,
제인.

쪼르르

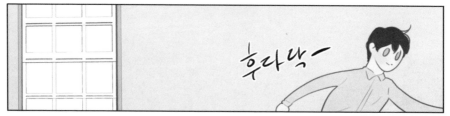

후다닥

어디 가려고?

아도라가
왔어요.

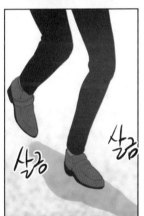

삭강

삭강

다 알아요,
윈터.

어떻게
알았어요?

소리도 들리고,
냄새도 나요. 뭔가 공기
자체가 달라지는 것
같기도 하고요.

그런데
오늘 로이는
안 왔나 봐요?

여기 있어.

아, 로이~.
목소리 듣고 싶었어요.

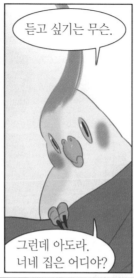

듣고 싶기는 무슨.

그런데 아도라.
너네 집은 어디야?

…저희 집은
왜요?

궁금하니까.

나는 제인의 집 말고는
다른 사람들의 집을
본 적이 없거든.

여기서 가까우면
구경하러 가도 돼?

아… 음….

저희 집엔 아마
별거 없을 거예요.

딱딱하고, 차갑고,
좋지 않은 기억들도
붙어 있고….

그나마 제 방이랑
거실이랑 부엌은
괜찮을지 모르지만….

안 좋은 기억이요?

제인 씨의 집보단 훨씬 생기가 없다고 해야 할까요….

조용하고, 냄새도 없고, 아무런 색도 없을 것 같고…. 제인 씨의 집은 피부로 따뜻한 뭔가가 잔뜩 닿는데, 저희 집은 아니거든요.

그리고 제가 앞을 못 봐서 집 상태가 어떤지 알 수가 없어서 구경은 좀….

괜찮아. 친구 집인데 아무렴 어때! 우리가 가서 생기 팍팍 솟아나게 해줄게~. 친구가 생기면 집에 한 번쯤 초대해서 같이 수다 떨고 그래야지!

야, 너도 궁금하지 않아?

그렇긴 하지만….

가면 안 될 것 같아요.

왜? 제인이 나가지 말라고 한 것도 아니고, 이 근방에서만 놀라는 말은 더더욱 안 했잖아?

그냥 걔가 집에 들어오기 전까지만 집에 무사히 도착해 있으면 된다고. 안 그래?

아도라, 구경시켜줘.
보고 싶단 말이야!

그럼...

그래요.

후딱 가자!

아도라에 대해
많은 걸 알아놔야 해.

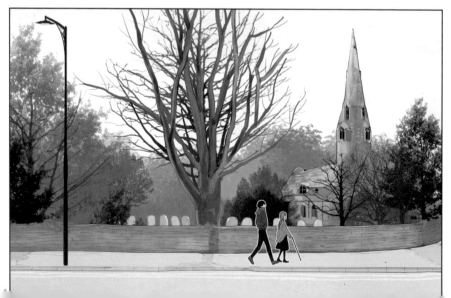

꽤 먼 거리까지 오는군.

멀었어?

조금만 더 가면 돼요.

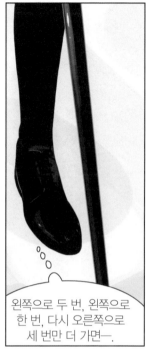

왼쪽으로 두 번, 왼쪽으로 한 번, 다시 오른쪽으로 세 번만 더 가면―.

다 왔어요.

제가 직접 누군가를 초대하는 게 처음이라 떨리네요.

철컥

끼릭

어? 열려 있네?

아도라.

〈윈터우즈〉 5권으로 이어집니다.

오늘은 네가
가는 게 아니라,

친구들이
오는 날인가?

Winter Woods

Winter Woods

Winter
Woods

윈터우즈 4

1판 1쇄 발행 2018년 7월 24일
1판 4쇄 발행 2022년 5월 6일

글 Cosmos **그림** 반지
펴낸이 김영곤 **펴낸곳** ㈜북이십일 아르테팝
웹콘텐츠팀 장현주 김가람 강혜인
마케팅2팀 나은경 정유진 박보미 백다희 **해외기획팀** 최연순 이윤정
영업본부장 민안기 **출판영업팀** 이광호 최명열
제작팀 이영민 권경민

출판등록 2000년 5월 6일 제406-2003-061호
주소 (우-10881) 경기도 파주시 회동길 201(문발동)
대표전화 031-955-2100 **팩스** 031-955-2151 **이메일** book21@book21.co.kr

㈜북이십일 경계를 허무는 콘텐츠 리더

북이십일과 함께하는 팟캐스트 '책, 이게 뭐라고'
아르테팝 채널에서 도서 정보와 다양한 영상자료 , 이벤트를 만나세요 !
페이스북 facebook.com/21artepop **포스트** post.naver.com/artepop
인스타그램 instagram.com/21artepop **홈페이지** arte.book21.com

ISBN 978-89-509-7620-0 04810
책값은 뒤표지에 있습니다.

이 책 내용의 일부 또는 전부를 재사용하려면 반드시 ㈜북이십일의 동의를 얻어야 합니다.
잘못 만들어진 책은 구입하신 서점에서 교환해 드립니다.

본문 디자인 손봄